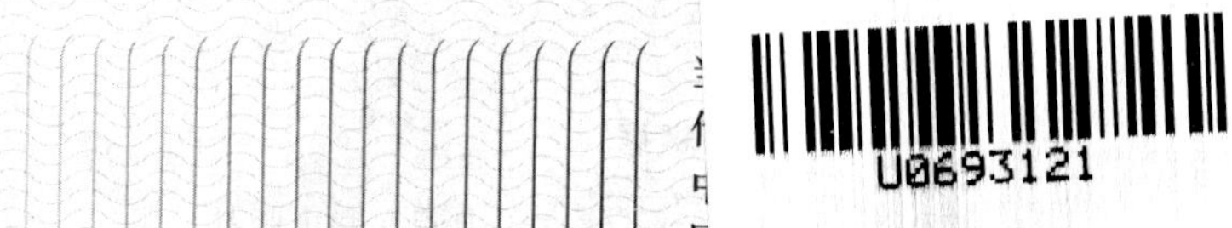

二十三城记

关君 著

中国文联出版社

图书在版编目（CIP）数据

二十三城记 / 关君著．-- 北京：中国文联出版社，2017．2（2023．3 重印）

ISBN 978－7－5190－2553－3

Ⅰ．①二… Ⅱ．①关… Ⅲ．①散文集—中国—当代 Ⅳ．①I267

中国版本图书馆 CIP 数据核字（2017）第 029609 号

著　　者　关　君
责任编辑　李　民
责任校对　赵海霞
装帧设计　中联华文

出版发行　中国文联出版社有限公司
地　　址　北京市朝阳区农展馆南里 10 号　　邮编　100125
电　　话　010－85923025（发行部）　　85923091（总编室）
经　　销　全国新华书店等
印　　刷　三河市华东印刷有限公司

开　　本　880 毫米×1230 毫米　　1/32
印　　张　7．125
字　　数　158 千字
版　　次　2023 年 3 月第 1 版第 2 次印刷
定　　价　68．00 元

双城

想念一座城，若不是因为它的美，
就是因为，那座城里有个自己爱的人。

开平

Ray说，在台南的时候，他从一家咖啡馆的墙上发现一张赤坎古镇的明信片，于是，他便想去看看，另一个叫赤坎的地方，是怎样的。

他的这段话让春晓驻足，第六感告诉她，那张明信片，或许就是方普利留下的，那段日子，方普利好像消失很久了，独是眼前这个人，和那张传说中的明信片，仿佛变成与方普利的唯一联系。

事实上，这明信片真的是方普利贴上去的，他也许不会想到，这个不经意的举动，会让两个相隔千里的人，从此有了交集。

双城——开平

有次跟春晓吃饭，无聊时掰开她的手看掌，我说她几年前曾经出轨过一次。

春晓把手缩回去，惊呼：“太神了你，给我看掌的人从来没看出来过。”我笑道：“也许他们看到了，也不会跟你说。”春晓低头搅着饮料管子，说：“其实也不算出轨吧，那时候我 21 岁，唯次同时喜欢两个男的。”

“你 21 岁的时候不是跟方普利在一起吗？”我诧异，她看着我，回答道：“我 18 岁就开始喜欢方普利，喜欢了三年，才正式跟他在一起，这三年里，我们属于那种说不清道不明的关系，几乎每晚临睡前都聊电话，聊了三年，什么都没发生，我也不知道自己算什么，也不知道他到底喜不喜欢我，谈恋爱都有三年的痒期，莫说是暧昧关系。”

我点点头，表示理解。

春晓喝了一口饮料，又道：“后来，他到台湾去，整整走了半年，那半年一点消息也没有，我那时就觉得他已经单方面终止了我们之间那种半明不昧的关系了。”

“另一个喜欢的男人也是在那时候出现的吗？”我忍不住问。

“是的，”春晓点点头，“他叫 Ray，一个台湾人。”

我问她，同时喜欢两个男人，是什么样的感觉？春晓想了一会儿，她说在这之前从没想过自己是可以同时喜欢两个人的，但有时候感情就是来得这么莫名其妙。

方普利是我的同事，认识春晓的时候，她是方普利的女朋友，据说开始所有人都不看好他们，但他们却在一起很久，到所有人认为这两人以后就这样下去的时候，他们却分开了。谈恋爱太久的，一般不是结婚，就是分开。这句话是方普利说的。

春晓高中的时候就开始看方普利打球，整整看了三年，全世界都知道她喜欢方普利，但方普利就是不咸不淡的态度，问他是不是不喜欢春晓？他说不是，问他那是喜欢春晓了？他又支支吾吾，说不喜欢春晓给狗改的名字，直接支开话题。那时候春晓养了一条狗，唤名：司通。方普利每次打球她都要把司通带去，人们这边喊："普利……普利……"的时候，她就在旁喊："司通……司通……"然后全场哄笑，每到这个时候，方普利都会失神被抢球。

没人知道方普利想怎样，但一个男的总那么冷淡，唯一的解释就是他还不够喜欢你。所以春晓说起那段半明不昧的日子，就只用一句"纠结"来形容。

后来，他们在一起了，而且在一起很好很好，我们所有人眼里都觉得这两人是糖黏豆，分不开了，春晓很爱方普利，什么都迁就他，所以，我一时间难以理解，除了方普利，她心里为什么还能插得下别人。

"那是我和方普利正式开始之前的事……"春晓说。

我认识的方普利，是个心重的人，没人知道他想什么，听说他亲生母亲在台湾，是在他很小的时候就撇下他们父子跑去台湾的，那是一段什么样的往事没人知道，他是个少话的人，就只听开说过他一直想去台湾见见他母亲。春晓跟他接触的时候，一说到平台湾他就冷漠地结束话题，不理她了，这叫春晓总是很难堪。后来，他终于有机会过去台湾找他的生母，方普利要去台湾的事，也是好些人知道后春晓才知道的，她在知道的那一瞬间忽然觉得心凉，纵然每个晚上他都习惯跟她聊天再睡，但这一刻她终究是觉得自己离他很远很远，难道告诉她，她就会拦着不让他去吗？她没有这个资格，也不会这样做。但方普利用行动告诉她，她甚至没有知道的资格。

方普利就这样到台湾去了，春晓没有跟他告别，他不告诉她，那她就装不知道好了。纵然她心痛得要死，也咬牙挺着，不休息地连着上班，做景区导游是很辛苦的工作，一天带几个团下来，嗓子都哑了。春晓说，有次带一帮台湾客人，她说到口干要咽口水的时候，人群中有人很贴心地给她一盒润喉糖，什么都不说，只是塞到她手里，那个人就是 Ray。

“嗯，很贴心，难怪你会喜欢他。”我说，春晓听后笑道：“我当然不会因为一盒润喉糖就喜欢上他，那是因为后来他说的一番话。”

Ray 跟春晓说，要春晓当导游，带他游赤坎古镇，他说在他的老家台南也有个赤坎，那是一座楼，是台南最著名的古迹，赤坎楼下面有家咖啡馆，很多来自不同地方的人都会在那里贴上他们带来的明信片，一个月前，他就是在那家咖啡馆里，看了一张开平赤坎古镇的明信片，是那张明信片，让他决定了这次的旅行。

“知道吗？”春晓道，“当他说到明信片的时候，我就想到，那张明信片一定是方普利贴上去的。”

我说：“每天去台南的人那么多，你怎么就能确定那一定是方普利贴上去的呢？”

春晓说：“不知道，反正这是直觉，就是因为这句话，我答应做 Ray 的导游，带他游玩了几天。”

就这样，春晓带着 Ray 到各处看碉楼，游赤坎古镇，Ray 是读美术的，对碉楼的建筑结构特别感兴趣，尤其喜欢赤坎两大家族的图书馆，他说来开平之前，他在台南的赤坎楼上想，另一座叫赤坎的城是怎样的？开平的赤坎于他来说，是一个古老的泛黄的梦。春晓当时心想：遥远的台南，有赤坎楼的城，何尝不是她的梦。想念一座城，若不是因为它的美，就是因为，那座城里有个自己爱的人。

游完古镇，春晓带 Ray 去自力村登铭石楼，谁知下楼的时候她滑了一跤，扭到脚踝，Ray 脱下她的鞋袜，要帮她按，她下意识地缩脚，他说：“你要信任我，不要怕！”说罢一摸摸到痛处，她疼得五官都扭曲了，他忽地一下，猛力一托一扭，春晓像听到“咔嚓”一声，痛得喊了出来，但，果然松了。

于是，客人搀扶着导游，一步一步地走，他抱着她的肩，她刚开始很紧张，但慢慢，也就松下来，任他抱着，三年以来，方开普利不曾拥抱过她，此刻，这个男人的怀抱，却让春晓觉得异常的温暖。一路上她非常的安静，一种既陌生又温馨的情愫开始缠绕于两人之间。

Ray 问她："你有男朋友吗？"春晓道："有。"过一会儿她又说："本来有，现在应该是没有了。"

"什么叫应该是没有了？"Ray 问道。

春晓苦笑："我们压根就没正式开始过，现在他人也一声不响地走了，你说有没有？"

Ray 沉默，不再说什么。

回到赤坎吃晚饭，已是晚上，月色朦胧，赤坎的路灯长长地照着两个影子，春晓身上披着 Ray 的衣服，他还是抱着她，两个人一直保持这个动作，谁也没有动，也许谁都不想动。到春晓家门口了，她想把披在身上的衣服脱下来还给 Ray，他止住她的手。

"我想吻你……"他说。

春晓听到自己说了声"不"，但声音实在太小，小到在她喉咙里只有自己才听得见，接着 Ray 就吻了她，她没有反抗，但他的手摸索到她领口的时候，她阻止了。

"不要！"她清清楚楚地听到自己说。

Ray 定了一下，接着他整理一下她的衣服领子，手放了下来。

"你心里还有他是吗？"他问道。

春晓想说是，但又想说不是，她一时之间无言，所有的话都堵在喉间，一句也说不出，末了只是长长地叹了口气。

"早点休息。"Ray 说，他退后一步看了她几秒，然后转身走了。

次日早上，Ray 没有打电话来，春晓觉得很怪，她想打过去，但又不敢打，心里像有一只小虫在爬，这种忐忑的感觉一直挨到中午，Ray 才来电话，先是问了一下她的脚好了没，而后他说："今天不出去玩，咱找个地方坐坐吧。"

春晓道："可以去钓鱼吗？"Ray 说好，于是两人便到南楼那边去钓鱼。

南楼那一带很安静，当然，钓鱼的那两个人也十分安静。春晓不知道说什么，Ray 更不知道说什么。过了很久，鱼竿依然没有动静，她忍不住把鱼钩拉上来看看饵有没有被吃掉。

Ray 看着她毛躁的样子，笑了，春晓问他笑什么，他摇摇头说没有。

过了一会儿，Ray 开口了，没有说让春晓尴尬的话题，他说："你看村上春树的书吗？"春晓摇摇头，Ray 便说："我第一次看见你，就想起《挪威的森林》中渡边形容第一次见直子的感觉，你给我的感觉，大概也是这样吧。"

春晓看着他，眼里闪着光，她说："我现在马上就想看这本书。"

Ray 几乎是立马地扔下鱼竿，把春晓拉起来，他说："那我们还等什么，想到什么就马上去做，走吧！"

他紧握着春晓的手，往书店跑去，春晓跟着他奔跑，他回头平看了她一眼，握她的手更紧了。两人一直跑到赤坎的书店找村上春树，没找到，又跑到市区的书店去找，折腾了半天，终于找到《挪威的森林》，他把这本书送给她。

“那一刻，你应该喜欢上Ray了吧？”我问道。春晓说：“嗯，是的，毕竟一个男人以一本书的女主角来形容你，这种是比较特别的示爱方式。”

我又问：“那后来呢，有继续发展吗？”春晓又喝了一口饮料，呼了口气，道：“后来，方普利就回来了。”

这真是比电视连续剧还狗血的剧情，但这真的是现实。春晓说，就在当天晚上，她手机里出现了个久违的号码，那个号码响起来的时候，她依然感觉到心脏怦怦地狂跳。接通了以后，那边传来那个消失很久的声音，方普利说：“在回程的24小时里，我满脑子想的都是你。”

“就这样？”我问道，“你又选回方普利吗？”春晓点点头：“毕竟我爱了他几年，但Ray就只是喜欢了72小时，这就是分别。”我又问道：“但你现在跟方普利分手了，往回想的话，有后悔过吗？”春晓摇摇头：“没有往回的路，就算往回，我想我还是选择方普利。杰西你知道吗？后来我才知道，方普利在台湾的时候喜欢过一个台湾女人，那女人也喜欢他，他后来说，当时思想挣扎了许久，觉得不会再有人比我对他好了，然后他就回来了。”

我所听到的版本是：方普利在台湾的确喜欢过一个台南的女人，不过同时他也受到很大的挫折，当然，这些他不会告诉春晓。

我问春晓，这几年里有想过 Ray 吗？她点点头，有时候会想的，她说她从那时候开始看村上春树的书，几年间把村上的书都看遍了，她说她很乐意在老的时候，想起曾经有人说她是《挪威的森林》里的直子。

那个下午我和春晓聊了很久，一直到日落黄昏，我说我要赶末班车回广州。

“杰西，抱一个，”春晓上前拥抱我，“回去要好好照顾自己。”

“会的，”我拍拍她的背，“现在也有人照顾我。”

“有男朋友了吗？”她抬头看我，眼睛发着光亮。

“嗯，交往有两个多月了吧。”

春晓笑道：“下次带出来介绍给我认识。”

“有机会吧，”我说道，“他常年不在广州。”

“他做什么工作的？”

室内设计师。”

告别了春晓，我搭计程车去车站坐车，在路上，我男朋友打电话来问我在哪儿，我告诉他，去开平玩两天，现在在回广州的路上。

“开平吗？”他停顿了两秒，“那是个不错的地方。”

“嗯，是很不错，”我笑道，“你去过没？”

他顿了顿，道：“几年前去过一次，是冲着赤坎去的，你也知道，我老家也叫赤坎。”

我笑了，在电话这头，他看不到我的笑，因为他没有说他没来过，我心里感激他的坦诚。

我的男朋友是台湾人，是个室内设计师，他叫 Ray。

二十三城记

孤城

感情总是欲盖弥彰，
越是压制，就越有可能暴发。

台南

此刻，看着车水马龙的台南，方普利明白，他不属于这个城市，而这个城市也容不下他，这是一个孤独的城市，他来到这里，从头到尾都感到孤独。

孤城——台南

对于方普利来说，母亲的记忆，只停留在十岁之前。十岁生日那天，母亲去学校接他，同学们都说他妈妈很漂亮，他心里暗自高兴，母亲还买了个高达给他，又做了他爱吃的蒜子牛肉和番茄炒蛋，到晚上哄他睡下之后，母亲说出去买点东西，就再也没回来。

此后他每年生日，都不愿庆祝。高达放在盒子里塞到床底下，蒜子牛肉和番茄炒蛋都不常吃，但有时也会一个人到大排档里点来吃。

同学们都说他是个奇葩：长得帅、功课好、运动好，但他不多话、洁癖、独行独断。

就春晓觉得他百分百的好。

春晓喜欢方普利，就认定他了，并单方面地做很多事：手机后面的数字选了他的生日，手机铃声用的是方普利的录音，为了配他的名字，还给自己的狗唤名“司通”……而且，她这一切都是公开做，闹得全校皆知。

方普利对此保持一贯的沉默，他并非不喜欢春晓，只是很多事春晓做得太多，他不想在众人目光底下就这样被动地接受，对于爱情或是其他，他都希望有一种自主权。但夜深人静，感到寂寞时，他又给春晓打电话，毕竟，也就这个女人，会什么时候都撑起精神，听他说话，其实，夜里的他也会说很多话。

这样的关系持续了两年多，他也不知道下一步该怎样，因为还年轻，不想一切太过顺理成章，反正这样，也挺好的。

一日，父亲对方普利说，自己准备结婚，说是征求儿子的意见，但也是一副告知的口吻。方普利知道，一种长久的生活终要改变。他霎时间想到远方的母亲，感觉他的母亲会在那里等着他，召唤他，虽然，多年来信件一去不回，但他还是想要去见见她，他有很多很多的问题要问她。

去台湾的申请是悄悄地办的，他不声张，怕张扬了父亲会难堪。当申请批下来后，他请了假，就一个人走了。

初到台南，一切既熟悉又陌生，铺天盖地的阳光，依旧是满耳的普通话，方普利舒了口气，他有种感觉，这会是生命中一个转折点。他没有立刻去找母亲，而是拿着一张明信片找到赤坎楼，这是母亲寄给姥姥的明信片，他觉得来到母亲来过的地方，心里便与她开始接近了。从赤坎楼下来，路口有家叫苏菲小馆的咖啡店，装修很干净温馨，店里没什么人，他于是进去点一杯咖啡。老板娘苏菲是个笑起来很甜的女人，一看就知道他是外地人，看他对着茶单茫然的样子，于是跟他说："我们这里的咖啡都是按客人意愿调的，你此刻有什么愿望呢？"

如果换在平时，或是在以往的环境里，方普利一定会沉默的，但陌生的环境给了他胆量，他竟冲口而出："我希望早日见到我的妈妈。"

苏菲嫣然一笑，便进吧台里煮咖啡。方普利对自己的坦言感到吃惊，但他说不出为何就是对眼前这个女人感到信任。不一会儿，咖啡端上来了，方普利一看，心里暖暖的，眼眶有点发热，原来苏菲用 Espresso 在咖啡上面画了依偎着的一对母子熊。

“祝你一切顺利，早日见到妈妈哦。”苏菲笑道。

“谢谢。”方普利接过杯子，朝她点头致谢。

喝过咖啡，他便顺着姥姥给的地址，一直找到楠西区的一所平房前，确认是这个地址后，他便敲门，开门的是一个老头子，他手心冒汗，小心翼翼地问：“请问这是余玉凤的家吗？”

老头上下打量他：“是，你是哪个找她？”

方普利一时语塞，心想着该如何回答才不莽撞，这时，屋里飘出一女人声音：“哪个找我咧？”接着，她就出来了，目光交接的一刹那，母子两人都心领神会，十几年，只消一眼就认出了，这就是血缘。余玉凤走到门前，眼睛一直盯着他，顿了顿才说，“快递这么快就送来啦？”

方普利这才意识到自己手上的盒子，是母亲当年送给他的高达，此刻，他直直地看着母亲的眼睛，缓了一口气，才道：“是的……请签收……”

余玉凤背对着里屋，看了儿子片刻，便接过盒子，把门关上了。方普利一直站在那里，好一刻，才缓过神来，他面前只有一道紧闭的大门。

夜幕光临，万家灯火，每一盏大厦里的灯光都代表一个家，方普利在这个不属于他的城市里游荡，感到前所未有的失落。他不认识路，认得的，只有来时的路，就这样一直走，走到了苏菲小馆的门前，里面灯光温暖，客人不多，他隔着玻璃窗看到苏菲在里面煮咖啡，此刻，门前的一个牌子吸引了他，上面写着：聘请小工。

方普利于是推门进去，苏菲看到他，眼里亮晶晶的，招呼他到一旁坐下："见到妈妈了吗？"方普利点点头。苏菲笑道："真好，我的咖啡愿望实现了，好高兴，这次你想喝什么？"方普利道："随便，你给我喝什么就什么。"苏菲道："好的，那我就弄我新调的紫薯咖啡吧，好喝又健康的哦！"

方普利要了一杯咖啡，坐在角落里，看着一拨又一拨的客人进来又出去，直到夜色深沉，没有客人进来了，苏菲于是走过来坐在他对面："你怎么了？还不想回家吗？"

方普利苦笑："回哪个家呢？我在这里没有家。"

苏菲看着他，不语，她突然明白，这个男孩为什么一整晚都坐在她店里。

"妈妈还好吗？"苏菲问道。

方普利点点头："她有她的新生活，看样子还可以。"

苏菲叹了口气，看着窗外："那你打算怎样？"方普利道："还能怎样，回去呗。"苏菲又道："就这样回去吗？"方普利叹道："还能怎样？"

两人无语对坐片刻，方普利觉得尴尬，便道："这附近有那些便宜一点的民宿可以住吗？"苏菲道："这里是市区，民宿一般在村子里，这里只有酒店，你要什么价钱的房？"

方普利苦笑："我也不知道这里的房普遍价格是多少。"

苏菲叹笑，心想这是个什么都不知道的孩子。看着他茫然的脸，她几次咽下去的话便说了出来："如果你在我的店里过夜，我能信得过你吗？”

方普利紧握双手，没有看她，他低声说：“如果觉得我不可信，你可以现在请我出去。”

一句话反问过来，苏菲不知如何接下去，她想想店里的钱她拿走了，也没什么其他的，就当他是个沙发客吧，于是对他说：“今天太晚了，你在这沙发里睡吧，有人帮我看店，也挺好的。”

那晚，她收拾好东西，临走前，回头冲方普利嫣然一笑。方普利只觉心里一片暖意。

次日早上，苏菲来店里开门的时候，发现里面已经拖过地，桌椅已经抹好，杯子也已经洗干净了。她笑道：“这算劳力抵房费吗？”

方普利道：“我总不能白住啊！”

苏菲说：“也好，我也想请个人帮我看店，看你还可以啊！”她刚说完，又道，“啊，但你很快要走了耶！”

方普利道：“如果可以，我还想再去看看她。”

苏菲看了他片刻，便说：“那好吧，你就住下来当小工吧，就是晚上睡沙发会不会委屈你啊？”

“不会啊，”方普利欣然道，“有吃有住我已经很满足了。”

“不要工钱吗？”

“不要！”

苏菲笑道：“那好吧，成交！”

就这样，方普利在苏菲小馆住了下来，他不甘心就这么回去，总想着还要再找机会见母亲，还有很多问题要问她，他需要答案。

接触了一些时日，才知道，苏菲是个单身妈妈，一个人带着个五岁的儿子，平日她一个人打理咖啡店也没什么，就因为儿子生病，她才想到要请人。方普利发现，几乎隔天就有个左臂文着关公的男人带着几个看似手下的混混进来占一张桌子喝咖啡，有时候不喝咖啡，就在那里打牌。一堆人都非善类，看人都是用眼睛瞪的，唯独见了苏菲恭恭敬敬。

文身男人从头到脚地看了一遍方普利，问苏菲："这小子哪里来的？"

苏菲在吧台里调咖啡，也不看他："就一学生，来这里打短工的。"

男人有点着急："你需要人帮忙就跟我说嘛，我这帮人闲着也是闲着！"

苏菲笑道："要是让你们来做，我怕客人都不敢进来。"

男人又看了方普利一眼："这小子……反正我就觉得有点坏。"

苏菲抬头看了他一眼，又笑着去煮咖啡。

闲下来，店里没什么人的时候，方普利于是问："每天来的那个文身男人是你男朋友吗？"

苏菲道："不是。"

"那一定是追你的人吧。"

"可以这样说吧。"苏菲笑道。

后来才知道，文身的男人叫阿海，是苏菲已故的丈夫的好友，苏菲后来在聊天的时候才说出来，她丈夫跟阿海都是道上的兄弟，而她丈夫后来在一次非意外中丧生。

“那些安家费，我就用来开了这家店，我希望和小吉安安稳稳地过日子，不再沾那些人那些事。”苏菲道。

方普利窃笑，他明白，阿海不会有机会。

过了几天，他又到母亲住的地方去看，他没有母亲的电话，每次都是远远看着，从窗户里看见屋子里有那老头，看到母亲在屋里走来走去，然后，他又走了，觉得那总不是时候。反正，回程日子未到，他还可以待在苏菲的店里。

苏菲问他：“你觉得台南漂亮吗？”

方普利道：“台南很漂亮，特别那个赤坎楼，我想起我家乡那个赤坎，是一个几百年的古镇，镇上都是骑楼，还有两家百年的图书馆，非常漂亮。”

苏菲道：“有图片吗？我真想看看。”

方普利于是把他带来的明信片贴在苏菲小馆的墙上，在那一堆不同地域的明信片中，赤坎古镇显得特别的诗意。

“真美耶……好想去看看……”苏菲道。

“你想去的话，我一定会带你去的。”方普利定睛看着她说，不知道什么时候开始，他总喜欢那么近地看着她，或是工作的时候貌似不经意地贴着她。苏菲比他大几岁，但很多时候都觉得她像个小女生一样。几年后方普利跟朋友们说起这个女人的时候说：苏菲很真，也很热情，尽管春晓也很真很热情，但不同的是苏菲浑身上下都散发出一种温馨的感觉，很舒服，让人很想与她亲近。

苏菲也对方普利有好感，这点方普利能感觉得出来，只是，她很刻意地隐藏着，隔开两人的距离，但感情总是欲盖弥彰，越是压制，就越有可能暴发。

方普利最后一次到母亲那里去的时候，老头不在家，他母亲从窗里看到他，便下楼打开大门，这是十多年以后，母子俩终能坦然地说一次话。

余玉凤道："我知道你几乎每天都来，只是每次他都在家，我不方便跟你说话，小普……"她说不下去，泪水在眼眶里打转，"妈妈是实在过不下去，才走的，你要原谅妈妈，也要谅解妈妈……"

方普利有一肚子的话要问她，但此刻，却一句也说不出来，站在母亲面前，他想起那个酗酒成性的父亲，儿时看到的那些父亲打母亲的记忆碎片又从意识里浮出来，那时候他不明白，现在他长大了，明白了，于是谅解了面前这个女人。

"他……对您好吗？"方普利艰涩地问。

余玉凤听后，泪如雨下，她紧握着儿子的手："这十几年来，虽然不富裕，但是生活安稳。"

"那就好。"方普利道，他看到母亲身后的屋里挂着一张全家福，母亲和那老头并肩坐着，他们身后，有两个十几岁的少年。那一刻，他什么都明白了，于是忍着泪水，将一肚子的话咽回去，此刻，什么也不用再说。

那天台南下了一天的雨，苏菲一直在店里等到深夜，才见到孤城方普利湿淋淋地回来，一看他样子，也明白了八成，她什么都没说，只是拿来干毛巾帮他擦头发，擦脸，方普利看到她认真擦拭的样子，突来一股劲儿，他把苏菲按倒在沙发上，做了他一直以来压抑着想要做的事。

苏菲的身体很暖，很热，他这些年来一直想要问的问题如今一股脑儿地在这女人身上索求。

事后，两人躺沙发上，苏菲问："你打算什么时候回去？"

方普利道："过些天就会回去。"

苏菲不语，她突然希望他会说想留下来，但又不责怪他说实话。喜欢这男孩子就是因为他会对她说实话，纵然这实话此时听得叫人难过。

隔了一会儿，方普利细声问："你爱我吗？"说完片刻，苏菲都没有回答他，他听见苏菲均匀的呼吸声，见她已睡去，便不再说话。

但其实苏菲没有睡。

次日，阿海又来店里，苏菲这天穿得很漂亮，她抱着阿海的手臂："今天突然很想去兜风，你开车陪我去好吗？"

阿海有点反应不过来，但欣喜着："好……好啊，你去哪儿我……都陪你。"

苏菲交代方普利看店，便坐上阿海的车子，阿海问："去哪儿？"苏菲道："随便吧，你喜欢。"

阿海瞄了一眼隔着窗玻璃看他们的方普利，把手里的烟头灭掉，说道："是为了躲开这小子吗？"

苏菲看着他，默然。

阿海发动车子，说："你想去哪里，我都会陪你，只要你需要我。"

苏菲转过脸，不想让阿海看到她的泪水，她自心底里感激阿海的理解与明白。

只是，感情是个半点也不能勉强的东西。

方普利在第三天清晨离开苏菲小馆，苏菲回来开店的时候看到店里打扫得很干净，桌子上放了一盒便当，是方普利做给她的，蒜子牛肉和番茄炒蛋的便当。他对这个城市的感觉与感情，统统留在这里，什么都不带走。方普利其实知道，苏菲故意跟阿海一起是为了躲开他，既然苏菲都这样做了，他也好顺着这个台阶下。如果苏菲留着不让他走，他反倒还真不知所措，对于这份感情他一点心理准备都没有，也明白两人终不可能在一起。但他是真的喜欢苏菲，喜欢她带给他的那种暖暖的感觉，喜欢她的成熟懂事。正因为她不纠缠，多年后他仍愿意想起这个女人，他会在酒后跟朋友说，那时候他在台南，有过一个喜欢的女人……

但此刻，看着车水马龙的台南市，方普利明白他不属于这个城市，这个城市也容不下他，这是一个孤独的城市，他来到这里，从头到尾都感到孤独。

在台北机场的候机室，他突然很想说话，于是翻开那个不论什么时候都为他开机的号码，打过去，片刻后，传来春晓的声音：“喂？”

方普利道：“春晓，在回程的24小时里，我满脑子想的都是你。”

春晓在那一边默然许久，一直没有说话，那长久的等待像是毛毛虫慢慢地爬遍整个心脏。

片刻后，春晓问："你现在在哪里？"

方普利捂着嘴，突然泪如雨下，他身上每一个细胞此刻都在同时呼唤着春晓。

二十三城记

愈城

旅行真能治愈一切吗？
为什么看到喜欢的事物时，
还是会想到要跟他分享？

在吴哥，那些会用普通话喊“糖果糖果”的孩子，每天都与客人们上演一场施与受的秀，施者是那些孩子，受者是这些游客。你们以为自己在施舍给别人，但其实他们也在施予你们自以为的是满足感。

或许这就是一种治愈吧，是建立在对比的前提下，站在高处看别人，相对觉得自己没那么糟，心里便平静许多。

愈城——暹粒

几乎每个人身边都有个奇葩朋友，说话口没遮拦。不知大家有没有同感。就像此刻春晓身边的这位大岚，她在赴完一个喜宴的次天问春晓："方普利结婚没请你吗？你怎么没去？"

周围的人均搭不上话，春晓把书盖在脸上不想搭理她，心想得尽快给大岚介绍个成熟点的对象让她好好学学人情世故。

方普利为什么要请她？她又为什么要去？

尽管没人搭话，大岚还是自顾自地说："不过，他老婆怎么看都觉得眼熟，那眉眼和感觉很像你呢。"

这又是一句让春晓卡在心里的话。

以前有部电影叫《每天爱你八小时》，方中信因为偷欢，相恋九年的女友阿芬跟他分手，后来他又换了几个女朋友，最后找了一个跟阿芬长得百分之九十九相像的女人结了婚。那时候春晓想，既然这样为什么不找回阿芬呢？

到现在她明白，从他身边有另一个女人开始，这段感情就根本不可能再回头。

春晓在这件事后不久离职，有一部分因为在这家公司太久，有一部分是因为想离开很多人认识她和方普利的地方。离职的时候上司跟她说，如果原因跟男人有关，那么她还未够成熟。春晓笑笑，坦然承认这是其中一个原因，她说这个世界很大，想趁年轻多走走看看。上司问她接着想做什么？她说先看看吧。

离职后第一件事想做什么？当然是旅行了，春晓选了柬埔寨，签证方便，而且，小时候父亲买给她的一本叫《世界奇迹之谜》的书里面就详细地说过一个生物学家为了寻找蝴蝶而在丛林中发现吴哥窟的过程，多年来她印象十分深刻。所以不用多想，当下就订了机票。

之前，有个南航的朋友说过，很多时候，坐早上六点多的班机都会遇到名人。春晓却是在去了柬埔寨回来后才听到这句话，她会心一笑，因为在去暹粒的早班机上，她就遇到了卫唯。

卫唯是谁，娱乐报刊不常见的名字，民谣圈里的新生歌手，春晓本来不听民谣，但因为在酷狗里下载歌，听过他翻唱的《窗外》版本，有点特别，所以记得这个歌手。此刻，坐在戴墨镜的卫唯旁边，春晓忍不住扑哧一笑。卫唯诧异："你笑什么？"春晓道："机舱这么暗，你戴帽子又戴墨镜的，别人想不注意你都难。"卫唯道："我想安安静静地睡一觉，不想别人打搅而已。"春晓别过头去笑道："其实你摘下墨镜和帽子，闭上眼睡觉，也没有人会过来叫醒你，不信试试。"

卫唯没听，依旧戴着帽子墨镜双手抱胸睡觉。春晓看了一会儿景色，闭上眼准备睡一会儿的时候，旁边的卫唯却把帽子和墨镜脱下，春晓看着他，他也看了一眼春晓，相视而笑。便都闭上眼养神。

下飞机的时候，卫唯走在春晓后面，问她："你一个人来柬埔寨，出差吗？"

"旅游。"春晓答。

卫唯拉着行李箱紧跟几步，道："方便留个联系方式吗？我演出完有时间的话，可以出来喝一杯。"

几个数字伸到春晓嘴边，还是没说出来，她明白这类男人想什么，看着卫唯，她不想把自己装快餐盒上，但又不想这么直接拒绝他。

"如果在柬埔寨的这几天，还有第二次见面，那时候再好好喝一杯。"她说道。

卫唯笑了，对她竖起大拇指点赞，便拉着行李箱越过她而行。

他笑起来其实很好看。

柬埔寨是个很小的国家，在暹粒，离曼谷只有两小时车程。其实柬埔寨人跟泰国人也属同一个祖宗，现今的泰国人祖上是暹罗人，从16世纪开始分支。柬埔寨十分的贫穷，如今带动这个国家经济命脉的自然是旅游业，吴哥窟是世界八大奇迹之一，春晓很小就在书里看到，现在身临其境又是另一番感受，当阳光从神殿的缝隙中照到她脸上的时候，真有种恍如隔世的感觉。

旅行真的能治愈一切吗？为什么看到喜欢的事物时，心里还是会闪过一个你好想跟他分享的人？

春晓自嘲地笑笑，开始明白网上那些说旅行治愈一切的鸡汤其实压根没营养。心里的伤口不是一个旅程就能加快治愈的，如果能，只是说明你没有用力去爱过。

在吴哥，到处都是见排骨的牛，脖子和脚很长的鸡，干凹肚子的狗，就是猪，也苗条到能“嗖”一声从墙上跳过。春晓来这里之前，看攻略知道要带一些糖果来，因为那里的小孩会向每个路人要糖果。来到之后方发现，那些会用普通话喊“糖果糖果”的孩子，已是那里的一道风景。

他们衣衫褴褛，分布在景区的每个角落，看见非柬国的客人就冲他们喊糖果或食物，或是美金，他们会操各国的简单语言，看到不同的客人会适时地转换。各地的客人，都特地为他们准备了糖果点心或美金，当然，春晓也一样，把手里的糖果食物全分给那些孩子，看着他们一溜烟地跑了，她心里有种满足感。转瞬又忽然明白，这是一场施与受的秀，施者是那些孩子，受者是如春晓一样的游客。你们以为自己在施舍给别人，但其实他们也在施予你们自以为是的满足感。

或许这就是一种治愈吧，是建立在对比的前提下，站在高处看别人，相对觉得自己没那么糟，心里便平静许多。

在吴哥待了四天，然后坐突突车去金边，春晓找到下榻的酒店，却在那里遇见卫唯。他还是戴着墨镜和帽子，坐在酒店大堂满洒阳光的沙发上，从渐变色的墨镜里看着她。

春晓此刻心情大好，在异国他乡再度遇见一个人还真是不容易，她主动过去跟他打招呼，顺便履行承诺说晚上请他喝一杯。

卫唯戴着墨镜仰起头看了她几秒，缓缓地吐出一个字:“好。”春晓看着他这模样，忍着笑礼貌地点点头。便上酒店房间梳洗去了。

卫唯比春晓早来两天，他提议不要去喝酒，而是找了一条夜游船，在湄公河上喝茶。在游船上，看着傍晚时分的湄公河，河水浊黄而淌满水浮莲和垃圾，但这就是杜拉斯笔下浪漫的湄公河。春晓靠着窗边，看着河里的水浮莲一批批地被河水筛掉，想起《情人》里面形容爱的感觉：“心里面经历刀山火海。幸好时间大把大把地会被我们挥霍掉，如同河流，冲淡所有的疼痛。最后，也只剩下河流。”

卫唯说，他来金边的第一天就来到这河边喝茶，傍晚的时候看着湄公河的日落，《情人》上演的时候他还很小，到长大的时候再看几次，感觉就很深了。

“杜拉斯到年老的时候才明白，人生其实没有几次全为激情的恋爱。所以她用大半生，写下了这本书。”卫唯说。

“但社会群体里大部分人，都是以结婚为目的地生活着，走和别人不一样的路，会很累。”春晓道。

“我大概就是你口中那些走不一样的路的人吧。”卫唯喝了口茶，笑道，“搞艺术的人，其实是最诚实的，我们不会骗自己，因为创作是直面内心的，”卫唯道，“所以像我们这样的人，不

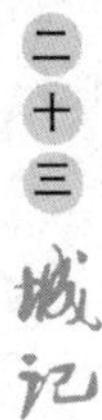

会骗自己，更不想骗别人，喜欢就喜欢，不喜欢就不喜欢，无法忍受把爱情变成维系，所以，搞艺术的人很多都是单身，不能保证永远爱一个人，干脆就不要保证。”

他说的其实有一定的道理，春晓在此时特别感慨，她看着杯中的茶叶浸泡后慢慢沉入杯底，忽感人性脆弱，卫唯此刻说着他的这一套理论，是因为他还年轻，而且他是个男人。

“你是害怕在分手的时候被纠缠吧，”春晓轻笑，“谁会在一开始恋爱的时候就想着分手呢？就算两个人生活有很大差异，日子久了，也都会想着要磨合在一起的吧。”

“磨合，就靠爱情维系了。”卫唯道，“爱情这东西其实跟创作一样，靠的是电光石火，创作基本上是一个冲动，对于一件事情，看到之后有一个反应，感觉我要找出自己对它折射的感觉，将它做成一件事。就像我遇见你，想花时间在你身上，于是我俩才会坐在一起喝茶。”

“得了，”春晓别过头去看河面，笑道，“你说话太轻佻，我会觉得你在约炮。人在异国他乡遇见个能聊天的人不易，别轻易破坏了这种感觉。就像此刻一样坐在河边喝茶，就挺好，话题别扯过了，好吗？”

卫唯意味深长地看着她，轻笑，答道：“好。”

城两人就这样坐在游船上，安静地喝了几小时的茶。回到酒店，卫唯送春晓回房间，春晓进房后他就告别了，春晓关上房门，却又打开，看到卫唯正在楼梯转角处回过头来。她嫣然一笑，问道："接下来的几天，你打算去哪儿？"

卫唯想了片刻，道："西贡吧，离这里也就几小时车程。我演出完了，想玩一圈再回去。"

春晓道："能带上我一起吗？我刚辞职，有的是时间。"

"好啊，"卫唯笑道，"我无所谓，只是谈了一个晚上，你就如此信任我，也太容易相信人了吧。"

春晓道："那你想我这样一直信任你吗？"

卫唯收起笑容，认真地说："想。"

春晓那一刻心里落下了许多累赘，不管未来如何，难得的是，她此刻燃起了对另一个人的信任。

也许，旅途才刚刚开始。

二十三城记

欲城

很多爱情都来源于三个字：
不甘心。

春晓不知道自己有多喜欢卫唯，直到阮阿玲出现……

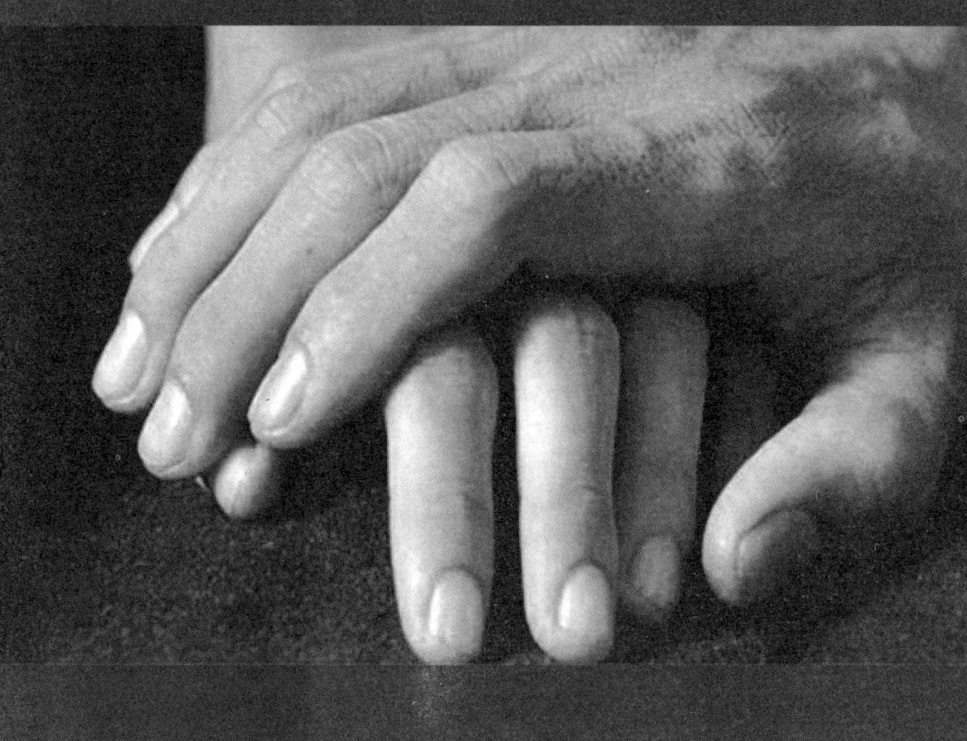

欲城——西贡

自开始旅行后，春晓都将旅程的照片发到博客上，看着她跟卫唯一路从柬埔寨到越南，好不快活，我跟她说：“卫唯这么好看，又高大，笑起来好烂漫的样子，换是我，早就动心了。”

春晓道：“说不动心是假的，他越好我就越难过，谁叫他比我小四岁呢。”

他们认识的时候，卫唯才 22 岁，那时候的春晓，还未能接受姐弟恋。卫唯说，他最讨厌的就是听到春晓说：“你还小，不懂。”听到这句卫唯就冒火，他说自己看上去一点也不小，而且，人生历练也比春晓要丰富。他讨厌春晓老是一副端着的样子。

我后来问春晓：“那时你为什么一直都端着啊？”

春晓认真地答了一句让我喷笑的话：“姐姐就要有姐姐的样子。”

从柬埔寨到越南，一路上，卫唯都对春晓照顾到位，一点也不像小男生的样子。春晓说，去美拖，她吃了很多炸春卷，当天夜里就由热感升级到发烧，卫唯大半夜地跑了几条街给她买药，当他把水和药送到她面前的时候，春晓心里满满地热，她谢谢卫唯为她做的一切，卫唯说就算面前是个他不喜欢的女生，他还是会这么做。两个人结伴出游，互相照顾是应该的，没什么大不了。

春晓那晚心里很感触，因为女人在生病的时候是最感性的，只是病好了，她又故态复萌。

后来问起卫唯为什么喜欢春晓，他回答得很简单：“春晓很淡定，不像其他见了我的小女孩一样。”狮子座的男生果然直接。

卫唯有多受女人欢迎？春晓跟他一起的时候感受不到，后来两个人到了西贡，春晓就见识到了。

一到西贡，卫唯就深吸了一口气，道：“嗯，这是一个春心荡漾的城市。”春晓白了他一眼：“你可以别每时每刻地骚吗？”卫唯道：“你不觉得这个城市满满的都是弗洛蒙的味道吗？”春晓看着满街的摩托车，吸一口气，啧道：“汽油味！”

其实自1975年后，西贡已经改名为胡志明市，但对中了《情人》的“毒”的文艺青年们来说，仍会把胡志明市固执地叫作“西贡”。这的确是个妩媚的城市，夜色里，婀娜的越女们穿梭在街头，衣着很露，男人们都大饱眼福。在这里，空气中有种黏热的气息，通常在高温下，人们多巴胺都会普遍升高，所以这里是异国恋的高发地。

在范老五街，他们找到一家叫mini的旅馆，一个房间15美元，十分划算。老板娘是个漂亮的年轻女子，她说自己叫阮阿玲，会一点中文，喜欢中国，更希望能够嫁给中国男人。春晓问：

"为什么希望嫁给中国男人啊？"阮阿玲摇摇头说："唔……越南男人不好，政府默许一夫多妻，男人只要养得起，娶多少个都是没人过问的。还是中国男人好啊，我很多姐妹都说嫁给中国男人好……"

卫唯在旁啧啧地笑着，春晓又白了他一眼："喟瑟什么呀？"

阮阿玲带他们去一个情侣大床房，春晓进去一看，马上说要换房。阮阿玲问这个不好吗？春晓说他们要两个单房。阮阿玲看了他们几秒，扑哧一笑："原来你们不是情侣啊！"

安排好房间后，阮阿玲说，如果他们需要导游，她可以当他们的导游，春晓刚想说不需要，谁知卫唯抢先一步说："好啊，我们正需要个当地人做导游呢！"阮阿玲听后非常开心，笑着说："嗯嗯……我也好想带你们到处玩呢！"看着这两个人观点达成一致，春晓只好把话咽回去。

次日清晨，天刚亮便能听见窗外车水马龙的喧闹。阮阿玲换了一袭粉紫色的传统奥黛，带他们穿过西贡的街头小巷，清晨的西贡非常市井，满街的米粉摊坐满食客，咖啡浓香似乎要弥漫整个街面。卫唯说："从夜晚的灯红酒绿到白天的柴米油盐，转换得如此从容，就像这里的女子，晚上的妩媚到白天的贤淑，也是转换得如此自然。"听他这样赞美，阮阿玲笑得好开心，一路上就她和卫唯你一句我一句地搭着话，春晓在旁边默默地拍街景，卫唯偶尔转过头来看她："不舒服吗？不怎么听你说话。"春晓有点没好气地说："起得太早没睡够，有点困。"

在堤岸逛了一天，晚上回到范老五街，阮阿玲带他们到一家小小的酒吧，她说这是朋友开的酒吧，气氛比较好，还可以自己上去唱歌。卫唯一听马上提神，连声说好。

这酒吧气氛的确好，有个精致的小舞台，客人可以自己上去唱歌，卫唯喝了些酒，微醺着上台，他说想唱一首*Perfectday*，送给第三桌的女士。当他唱到“Ohitssuchaperfectday，ImgladIspentitwithyou…”的时候，春晓看着昏黄的灯光打在他脸上，那一刻她心生情愫，竟有一瞬难以将视线从他脸上抽离，她瞟了一眼旁边的阮阿玲，她同样听得如痴如醉。卫唯是职业歌手，唱歌是最能体现他魅力的时候，他那好听的嗓音惹得台下众多女子欢叫，对他吹口哨，要求不要停继续唱。更有女子上台索吻，真够开放的。卫唯拒绝陌生女子献吻，一边唱着歌，一边指着第三桌，向这边抛了个飞吻，台下又是一阵尖叫。阮阿玲突然转过头问春晓：“你们真的不是恋人吗？”春晓真想回答是，但她不能说谎，于是回答：“不是。”阮阿玲很真挚地握着她的手，说：“那就好，我多怕你们是情侣呢，我好喜欢卫先生呢！”春晓看着她，真不知该作何表情，越南女子太直接了。

卫唯唱完歌下来，阮阿玲又叫了几瓶酒，她说难得高兴，今天的酒她请了。春晓只觉她热力涨了好几倍，卫唯也在兴头上，又接着喝了好几杯，阮阿玲更是在旁跟他拼酒。看不出越南女子这么好的酒量，卫唯喝不过她，再几杯下来，便趴倒了。阮阿玲看他这样，说坏了，怕是醉了，问店里要牛奶解酒，但店里没有牛奶，她便托春晓照看着卫唯，她去外面买牛奶。春晓这一刻感觉她跟阮阿玲角色调换，仿佛自己是一个旁人一样。

卫唯趴倒在桌上，春晓把他翻过来，见他脸色苍白，便用纸巾蘸着热水擦拭他的脸，卫唯睁开眼看着她，那一刻她的脸离他好近，他伸手抚摸她的脸，但春晓闪开了。

“阿玲回来了。”春晓冷冷地说。

阮阿玲真的回来了，带着一罐牛奶，她让春晓帮忙搀扶着卫唯，喂他喝了点牛奶，便道：“看他这样子，我们得搀扶他回去，来吧，一人一边扶他。”

两个女子就这样扶着卫唯回旅馆，带回房间后，阮阿玲说：“好了，这里我来处理好了，你早点回去休息吧，晚了。”

春晓站在门边迟疑了会儿，开口道：“还有什么需要我帮忙的吗？”阮阿玲正利落地帮卫唯脱鞋袜，说道：“不用了，我处理得来，你早点休息吧，你也累了。”

话说到这份儿上，春晓也没什么话好说，她慢慢退出房间，把门带上，并没上锁。但她刚转过身，就听到阮阿玲“嘀嗒”一声把门锁了。春晓在走廊上待了几分钟，觉得走廊里灯光昏暗得厉害，片刻恍然自己仍在走廊，便回自己的房间，草草地洗了个澡，上床盖上被子。但她在床上翻来覆去两个小时都没有睡着，满脑子都是卫唯，和一些她不愿想却老浮现在她脑海里的画面，她坐起来，看着窗外的西贡夜景，这整个城市都是暧昧的灯光，街上依然是穿着暴露的越女，她们随意地跟男人搭讪，很快便搂在一起走。这真是一个欲望之都啊。她憋得难受，便想出去透透气，于是起床去开门，谁知一打开门，便吓了一跳。

卫唯应该是背靠在她门上的，她一开门，他就整个躺在她门口的地毯上。只见他衣衫不整，衬衫穿在身上没扣纽扣，牛仔裤也没拉裤链，他躺在地上看着她，缓缓地说："今晚我好恨你，你就像丢垃圾一样把我丢给别人……"

春晓赶忙把他扶起来，卫唯一起来便顺势把她搂住，春晓不再拒绝，此刻像崩了堤一样，整个瘫在他身上，她感受着这种失而复得的温热，发现自己已不可自控。

后来春晓和我聊起这件事，我问春晓："你就是因为这件事爱上卫唯吗？"

春晓有点自嘲地轻笑，道："其实很多爱情都来源于三个字：不甘心。卫唯一开始喜欢我是因为不甘心我对他太淡定，我后来喜欢卫唯是因为不甘心把他放手给别的女人。"

我于是又问："你说那晚他衣衫不整地躺在你房门外，那到底他有没有跟那个越南女人……"

春晓道："其实当时我也问了这个问题。"

那晚，两人搂在一起感受着这失而复得的喜悦的时候，春晓突然想到点什么，挣开来问："你过来我门口之前，在你房间里都发生了些什么事？"

卫唯看着她，扑哧笑了，他将她的头按进怀里，说道：“其他的什么都不重要，重要的是此刻我是在你房间里。”春晓还想再问，卫唯就把她的嘴堵住。

后来我又问：“那你们退房的时候没见到阮阿玲吗？见到她，瞧她脸色应该也能猜到啊！”

春晓道：“我们第二天很早就退房了，办退房手续的时候，出来的是一个中年男人，应该是阿玲的爸爸吧，我们从西贡出来后都没有再见过阿玲。”

我道：“后来你还想过要问这件事吗？”

春晓说：“有时会想到的，不过，也就没再问了。其实想想看，当时发生了什么，都对后来没有任何影响。”

听春晓这一番话，忽然感觉她成熟了很多。一个女人不需要答案只有两个原因，一是，她真的信任这个男人，二是，太多的事情，让她变得淡然。

后来她说，她对卫唯的感情，比方普利要深得多。

二十三城记

边城

有技能，有个性，有爱心，
够真诚，够经验，够自信，
才有行走江湖的本事。

对于某些人来说，河口的魅力或许更大于云南的大理、丽江等地，在这里每天上演着的黑帮、贩毒、妓女和地下秩序的故事，这些，都让河口带着一种蔫味。

边城——河口

卫唯与春晓两人从越南一路走到云南河口，此处地处滇越边境，却到处都能听到广东话。据说以前安南铁路修建的时候，从番禺、佛山、钦州、百色这些地方召集了很多农民过来这里做苦力，这些农民后来在此定居，于是河口便成了云南唯一一个说粤语的地方。

对于某些人来说，河口的魅力或许更大于云南的大理、丽江等地，在这里每天上演着的黑帮、贩毒、妓女和地下秩序的故事，这些，都让河口带着一种蔫味。这是一个非常开放的口岸，流动人口特别多，因为这里的越南小姐，是河口最大的特色。

春晓问："这里的女子跟越南那边的有什么不同，为什么叫作地方特色？"

卫唯笑道："这些越南小姐据说都是越美战后的混血儿，在河口一带做生意，在这里黄和赌是公开的，都有合法的营业执照……"

春晓干咳两声，道："你对这里非常熟悉嘛……"

卫唯马上 Feel 到她的意思，忙说："我这不都是跟你一样第一次来吗，来之前总得上网做功课啊！"

河口被云南人称为男人的天堂，其原因就是河口越南小姐泛滥，但总体来说，地方特色并不算多，如果你从越南过来，会发现这边所谓的越南街更是不成什么样子。春晓并不想在此多留，但卫唯说，他们必须要在这儿留一晚，第二天才能找车出发到腾冲。两人找旅店找到北山，才找到家像样点的旅店，春晓说这里清静点，其实就是图北山这边没那么多越南小姐骚扰。旅店楼下是小吃街，二人打点好就到小吃街找地方吃饭，河口美食基本就是越菜，倒是那甜蓖头和小卷粉十分可口，春晓一口气吃了八根小卷粉，一小碟甜蓖头，她说这两样东西她在开平自小吃到大，吃着十分有亲切感。卫唯指一下邻桌叫她看，才看到一个光头大汉一个人叫了四十根卷粉来吃，桌上还有一碟红烧狗肉，那狗头咧着嘴对着他们，死不瞑目的样子。春晓瞧着那光头一脸凶相，扯狗腿的时候更是面目狰狞，她喜欢狗，不忍再看，和卫唯匆匆吃过饭便埋单走了。

回旅店的路上，卫唯没按原路走，而是拉春晓进一条小巷，他说：“来的时候我就留意到，这条小巷是通往旅馆的捷径，而更重要的是，现在这里只有我……和你。”

春晓心领神会，卫唯把她按在墙上，才刚刚亲上，就听到不远处有流水的声音，二人循声望去，都吓了一跳，在他们四步以外不知什么时候站了个大块头，正对着墙撒尿，这人的头光亮得很，巷外的霓虹灯七彩斑斓地打在他头上，定睛一看原来是刚才那光头，此时光头也发现了他们，他抖抖裤子，咧嘴笑道：“不好意思哈，我习惯了随地方便，打扰到你们了，继续继续……”

二人吓了一跳，已不想在此逗留，卫唯便挽着春晓往旅店方向走，走了几步又听到，后面有着窸窸的声音，回头一看，那光头正跟在他们身后，看见他们回头，又咧嘴道：“不用管我，你们走哈，我也走了”

卫唯春晓都不作声，他们不敢跑，但以最快速度走回旅店，那光头就一路跟着他们，直到走出小巷，走到旅店门口，春晓回头一看，还跟着！那光头看见她回头，又咧嘴笑道：“啊！你们也住这儿啊，巧了！我也是。”卫唯只好回头笑道：“是吗？真是太巧了。”说着，便按电梯上楼，那光头也跨进来，卫唯让他先按，光头按了二楼，见他按二楼，二人都暗自松了口气，好在不是同一层。才想着，二楼到了，光头跟他们说再见，便出去了，春晓赶紧按键关电梯门。就在电梯门快要合上的时候，突然有只毛茸茸的手插了进来，春晓“啊”的一声叫了出来，后退一步紧挨着卫唯，只见那毛茸茸的手插了进来后，两边电梯门又打开了，一看，又是光头，真是阴魂不散。

光头呵呵笑道：“记错了，原来我住三楼的。”他看到春晓脸吓得发紫，又咧嘴道，“不好意思，刚才吓着美女了。”卫唯想笑笑说没事，却发现自己笑不出来。

三楼到了，光头伸手示意他们先出，自己也跟着出来，春晓和卫唯赶紧开房门，回头见光头也开了他们旁边的门，还咧嘴对他们笑着，春晓赶紧进房，她觉得那光头笑的时候都目露凶光。

进房后，二人赶紧把所有锁都锁上，春晓不放心，还把茶几和椅子都搬过来顶着门，卫唯看着她如此害怕的样子，问道："你觉得用椅子顶住就可以了吗？"春晓定定神，回头问："那你还有什么办法？"卫唯看了她几秒，问道："你还有什么随身带的利器吗？"春晓搜搜包，说："就一指甲钳，还有一把梳子，梳柄是尖的。"卫唯道："拿出来放枕头边！"

当天晚上两人不敢放松，早早关灯睡了，半夜的时候，听到走廊有响动，卫唯爬起来从猫眼里往外瞅，只见那光头赤裸上身，穿着短裤在走廊走来走去，低头像是在找什么，直到走到他们房间前，光头突然把耳朵贴在他们门上，卫唯立刻屏住呼吸，光头听了一会儿，又从猫眼往里瞅，卫唯马上躲开，光头瞅了一会，卫唯听到他脚步声慢慢走远才敢松一口气。回头看见春晓紧握着梳子瞪着他，才缓了口气爬上床，搂着她道："没事了，你睡觉，有我在呢。"

春晓此刻觉得卫唯真 Man，虽然她知道他也害怕，但为了让他放心，她便小鸟依人地依偎着他，闭眼睡觉。其实她没怎么睡，也知道卫唯一晚上都没合眼。

次日清晨，二人早早就起来收拾好行李，等旅店老板帮忙找的司机一打电话来，立马提行李下楼，二人把行李放上车，安心坐车上，卫唯便横躺下来，说："终于能在车上好好睡一觉了。"

春晓把他头揽在自己大腿上，笑道：“你好好睡，到了我叫你。”二人摆好姿势准备睡觉，却发现车一直没动，春晓便问司机：“怎么还不开车？”司机回头说：“除了你们还有一个客人到腾冲的啊，还有一个空位，正好凑一车过去。”

司机话音未落，春晓就看到光头背着个大包从门口出来，大步走向他们……她回头一看，卫唯也傻了眼，光头走过来打开车尾厢，把大包狠狠按进厢里，按包的时候整辆车都抖几下，再走过来打开副驾驶的门，坐了进来，回头咧嘴道：“真巧啊美女，你们也是去腾冲？”

春晓点点头，一句话也说不出来，司机此刻一踩油门，呼的一声他们就一起踏上旅途了。

河口到腾冲，全程三千多公里，差不多要两天车程，一路上风光秀丽，还伴有光头豪迈的歌声，光头说他叫杨树，辽阳人，四十二岁还单着，在长春开了二十多年的计程车。他也不管人家想不想听，自己一段一段地说着故事。说长春房价太高，他不会混，二十多年还没混出套房来，又说年轻时不懂珍惜那个不图房的姑娘，到后来认识的姑娘一个比一个现实。开了二十多年的计程车，就没出过长春城，后来想想人生没有多少个十年，既然没有安定下来，就出来过些年轻时想过的生活，于是一咬牙把车卖了，带上积蓄上路，他说一路上要是遇上哪里他感觉特别好的，房价又不高，就安定下来。他又问卫唯他们想要走哪条路线，还推荐了好多地方，当然，这些地方他也是在网上自己查资料的，却说得像亲身经历过一样。开二十多年计程车落下的习惯就是多话，什么都说一轮。几个互不相识的陌生人，却也因为他的多话渐渐熟络起来，因为他话多，卫唯二人也渐渐放下戒心。不就是个长得粗犷点的人吗，没什么，就脸上坑坑洼洼的多，慢慢熟络，瞅着也就不感觉狰狞了。

汽车在高速公路上走着，已至傍晚，司机说抄近路走，就把车开进山里。夜色渐浓，山里树影憧憧，在山路里开了半小时左右，司机突然减速，车慢慢停下来。车上打盹儿的三人都醒了，环视四周，漆黑一片，司机说进山路之前忘了给车子加油，此刻车子没油了。四人就这样被困在山路上，只得下车看看有没有过往的车可以帮忙。此时天已经完全黑下来了，黑洞一样的山路上哪有什么过往车，春晓有点害怕，紧挨着卫唯，杨树此刻却一言不发，眉头紧锁，像是在想事情。

十几分钟后，果然有一辆小面的经过，四人死命地招手呼叫，车子便慢慢停下来，开车的是个中年男人，卫唯走过车窗问他车子的油有多满，可不可以卖点给他们。小面的司机说他车子的油本来就不多，只够开出国道，如果卖给他们一些，他自己也走不出这山路。卫唯他们商讨了一下，决定跟这车出国道，买到汽油后再给小面的加油，让他把人和油送回来。商讨之后，几人就准备上车，但打开门后傻眼了，除了副驾驶的位置，后面全塞满柚子。小面的司机说他们只能一个人跟车去买油，而且他把手指指向春晓：“只允许这个女的上车。”

卫唯当时就蒙了，这个要求怎么听都是充满歹意的，他坚决不同意，但小面的司机说，不同意的话他就开车走。正在此时，杨树突然拉开小面的后门，一把把那堆柚子扒下来砸地上，小面的司机」跳下车，指着他骂道：“你这是干什么！干什么！干什么砸我柚子！反了你！”

杨树不但砸，还踩上去跺几脚：“我就砸了怎么样啊！我就砸了！砸了柚子我们就都能坐车出去，这柚子我赔你！”

小面的司机怒吼：“这柚子你赔不起！”说罢从座位后面拿出锤子来，要向杨树抡去。但杨树力大，一把扭过他胳膊，那男人怒了，又上去跟杨树扭打。场面当时乱了，卫唯叫春晓上车锁上门，并让她马上报警，自己则跟司机过去拉开那男人。四人扭成一团，春晓在车上看得心惊肉跳。幸好这山里还有信号，不一会儿警车就来到，于是这两辆车和五个人都被带回警察局。

警察出面处理，让杨树赔了柚子钱和一些油费给小面的司机，便算平息了事。小面的司机把车开走后，杨树随即把车费也结给了司机，并跟他说，他们不坐车了，让他把车开回去。卫唯和春晓不解，杨树等司机把车开走后，才跟他们说，从司机无端把车开进山路，他就觉得有些疑惑，进山路之前经过好几个隔得比较近的油站，他一个职业司机不会没想到把油加满，所以，杨树觉得那司机跟后来的小面的司机是认识的，可能想敲诈他们，也可能……他不敢多想，当听到那小面的司机要求春晓一人上车的时候，他更确定自己的推测，当下想不到别的方法，只能捣乱，最好闹到警察来，他们就安全了。

卫唯和春晓听着，出了一身冷汗，心想不是杨树这样一闹，他们几人现在还困在山里不知咋办，此刻便都对杨树心生感激。春晓问：“现在把司机打发了，我们怎么办？”

杨树笑道：“这里已近昆明了，我们在旁边加油站截辆计程车，去到昆明还怕没有车去腾冲吗？”

三人一致通过，便到旁边加油站截车。卫唯上前搂着杨树的肩道：“杨哥，这次多亏有您，小弟谢您了。”杨树咧嘴笑道：“不谢不谢，咱同车共济。俺虽然长得不咋地但胜在够机警又有经验，俗话有说，有技能，有个性，有爱心，够真诚，够经验，够自信，才有行走江湖的本事。总之，”他回过头来冲春晓笑道，“跟着哥走，不坑人！”

春晓冲他笑笑，这次笑是真的放松。

杏城

这份坚持非常累，而且不一定能赢，因为人生很难打性格牌。

滕冲

春晓后来回想起，在腾冲那段日子，是最快乐的，因为未想归途，未想出路，更未想后来，一切一切，只有当下。

每天早晨，银杏叶的清香飘进房间，院子里炊烟袅袅，杨树已把早饭做好，她跟卫唯、杨树、三三和小波子五人，如家人一般，吃着简单的咸菜白粥，聊着村里的琐碎事儿，那种现世安稳的感觉，每次忆起，都想把时光凝固在那一刻。

杏城——腾冲

春晓说，云南是个适合做梦的地方，再现实的人，去到那里都会做梦。

她和卫唯如是，杨树如是。我因为听了她讲的这些事儿，后来也一个人去了云南。但那是后来的事了，现在回来说说春晓他们几个去到腾冲之后的事吧。

去到腾冲的时候，时值中秋，抵达银杏村，整个世界都是金黄色的一片，非常的美丽，他们本订了别处的客栈，但因为在三三的客栈吃了一顿午饭，春晓喜欢上院子里的那棵大银杏树，卫唯跟三三的儿子小波子玩得不亦乐乎，而杨树则瞅上了老板娘三三，于是三个人便决定在三三的客栈住了下来。

老板娘说她叫三三，说这村里所有的人都是这样叫她的，杨树说还是想知道她真名，三三没有搭理他，自顾自地去干活儿了。她不多话，人很勤快，一个人打理一个八间房的客栈，外加给客人做饭，还要照顾五岁的儿子。春晓说她这样太累了，说自己会煮得一手好粤菜，自荐当三三的厨子，但条件是她的房费减半。三三想想后答应了，随后又咕哝了句：“广东女孩就会精打细算啊。”

杨树不求减免房费，他倒是很主动地帮三三干活儿，每天早上主动帮她收客人的被子去晒，又帮她洗床单。三三道："我不会减免你房费的哦。"杨树咧嘴呵呵笑道："房费继续收，活儿我继续干！"三三看了一眼他乐呵呵的样子，便又转身自顾自干活儿去了。

卫唯也没闲着，他喜欢小波子，说这孩子逗得很，主动说要教小波子吹口琴，小波子也喜欢卫唯，乖乖地跟他学琴，春晓看到一大一小的两个人在银杏叶纷飞的树下吹口琴，那画面真是美啊。但小波子学琴总是不专心，他的眼睛总是跟着杨树转，每次看到杨树乐呵呵地跟着三三，他就一把扔下口琴，跑过去推开杨树："死光头你滚远点！不许靠近我妈妈！"

卫唯笑问杨树："真那么喜欢三三吗？"

杨树道："嗯，第一眼看见她，就觉得很想照顾她，她是那种好女人，怎么说呢，很坚强，让人看了很心疼的女人。如果她愿意，我会留下来全力照顾她们母子俩，努力让他们幸福。"

卫唯啧啧地叹着："好男人！"他拍拍杨树肩膀，说，"现在问题是，三三不见得愿意，她儿子更是明显的不愿意。"

杨树呵呵道："小孩子嘛，其实很容易哄的，秘诀就是一口糖一口屎，你慢慢看我怎么搞定这小子吧！"

次日，小波子刚吃过早饭，杨树就笑呵呵地跟他说："要到树上掏鸟蛋吗？叔叔带你去！"小波子将信将疑地跟他来到树下，看着高高的树丫，问：“怎么上去？”

杨树蹲下来指指自己肩膀，说：“来，骑上这里，叔叔块头大，准能够得着。”小波子看了他几秒，于是乖乖地爬上他的脖子，骑上肩膀，杨树看他那么乖，心花怒放，起来的时候还得意地瞅了一旁的卫唯一眼，杨树块头高大，小波子很快就能够得着，从鸟窝里掏了几只鸟蛋，杨树见他掏了蛋，便蹲下准备放他下来，谁知小波子夹着他的脖子，就是不肯下，杨树觉得有点累，但还嘻嘻笑道：“你喜欢骑马吗？好，叔叔让你骑个高兴！”说着一边扮马叫一边在院子里转圈，转了大概三四圈，杨树觉得累了，便跟小波子说：“叔叔累了，可以先下来吗？”小波子迟疑了会儿，说：“好。”杨树便松了口气，蹲下身准备让小波子下来，谁知刚蹲下身，就觉得脖子上滚烫滚烫，还有股骚味冲鼻而来，这小家伙竟然在他脖子上撒尿！杨树抖了他下来，小波子着地后哈哈大笑：“别以为我不知道，你这么哄我是想泡我妈妈，死光头，我告诉你，没门！”说罢便一溜烟跑了。

杨树摸摸脖子上的尿，再把手伸鼻子上闻闻：真骚！他转头看看卫唯，只见他和春晓两人都在那儿掩嘴偷笑。

这次糗了，但，杨树不放弃。

软招不行用硬招，几日后的中午，杨树看见小波子正把手伸进鱼缸里把鱼掏出来玩，觉得这正是教育孩子的时候，便上前怒斥小波子：“小波你在干什么！知不知道这样会把鱼弄死的，快把鱼放回去！”

小波子郫气地盯着他，死捏着鱼不放，杨树瞅他这样子，便去抢他手里的鱼，待他用力将鱼抢过来的时候，小波子突然“哇”的一声哭了，边哭便喊：“妈妈，死光头欺负我……呜呜……”杨树一看，才发现三三正在旁边的井边打水，她一言不发，过来蹲下用衣袖擦干小波子的眼泪，便带他进屋了，进屋前回头瞟了一眼杨树，那眼神说不上是什么意味。

杨树手里还捏着鱼，他低头一看，那鱼因为他用力过大被捏死了。

某天，三三在晾床单的时候，杨树过来帮忙，三三看了他一眼，也没说什么，她晾好后，隔着面前的床单，问对面的杨树：“一直这样帮我，你觉得好吗？”杨树一听她主动说到这话题，心花怒放，便说：“还不是因为我喜欢你啊！”

三三又道：“我就这样不咸不淡的态度，你还要坚持吗？”

杨树心里一热，他拨开床单，一把握住她的手，说：“从看到你的那一刻，我就知道我会一直坚持下去的！”

三三淡然一笑，挣脱了他的手，继续晾床单，她说：“我以前也曾坚持过，但后来才发现，这份坚持，非常累。而且不一定都因为坚持而赢，因为人生很难打性格牌。”她回过头来淡淡地看着他，“明白吗？”

杨树默然，心里满满的热，却无法说出话来。

关于三三的事，春晓告诉卫唯：“村里的人都说，这店起初是一个男人盘下来的，装修好后，就接三三过来，三三那时候还大着肚子，后来小波子出生没多久，她老公就走了，到现在都没见回来，这店一直都是三三一个人在打理着，村里人有时也会来帮帮她干活儿，但三三都拒绝了。”

卫唯叹息：“真是个坚强的女人啊，怪不得她那么冷淡，冷冲淡的女人都是因为受过很深的伤。”

春晓道：“想想她也不容易啊，一个人把孩子带大，一个人开店。”

卫唯道：“如果她接受杨树，其实也挺好的啊。我越来越喜欢杨树了，是个好哥们。”

卫唯说完这番话三天后的那个夜晚，杨树刚刚睡着，就听到有人急促地敲门，打开门一看，只见三三脸色苍白，她说：“小波在发烧，久久都没有退热，我想……送他去医院……”

杨树没等她说完，立马披上衣服跑去她屋里，背起小波子就往外跑，银杏村在山上，最近的诊所跑过去也得半小时，而且那段路车子无法通行。杨树那晚就死命背着小波子奔跑，把三三都甩在后面远远的，跑到诊所后，他浑身上下都像洗澡那样湿透，医生打了一针之后说，小波子发烧40摄氏度，送迟了可能会有危险，还好送得早，打了针之后好好照顾就没事了。杨树连声道谢医生，回头一看三三正瘫在门边上，脸色苍白表情呆滞，他跟三三说：“没事了，医生说送得及时，现在没事了……”杨树话还没说完，三三突然上前紧紧地抱着他，什么都没说，只是一个劲儿地掉眼泪，杨树受宠若惊，一时间说不上话，只得拍拍她的背，重复说：“没事了，没事了，现在没事了。”

二十三

那晚之后，春晓和卫唯，包括杨树，都觉得他跟三三的关系跨进一大步。几天后，三三接小波子出院，由一辆黑色轿车送回来，那时候春晓卫唯都在院子里下棋，杨树在一旁打水，轿车停在门口，只见一黑衣男下车，打开车门，随即见三三抱着小波子出来，三人经过院子的时候，黑衣男对卫唯春晓点了下头，又看见杨树一直盯着他，也礼貌地对杨树点点头。

三人进了三三屋里，便关上门。春晓好奇，在门口踱来踱去想听听里面声音。卫唯看着杨树一言不发地在院子里宰鱼，便走过去说："这里面的是谁你知道吗？"

"不知道。"杨树面无表情地说。

春晓跑过来道："你没听过三三以前的事吗？准是那负心男又回来了！杨哥，你甘心让他又把三三抢走吗……"

杨树突然把刀一甩，吼道："住口！"他见把春晓二人唬住，便又把刀拾回来，继续宰鱼。

"你们听好了，那是三三的事情，你们不要把我扯进去，整件事情，我都是个局外人。"杨树道。

春晓蹲下来，心疼地看着他："我们只是……替你不值。"

杨树用手背刮刮鼻子上的鱼鳞，叹道："妹子，我知道你和阿唯都支持我，但这件事情，怎么选择，由三三决定，她怎么做我都支持她。"

春晓鼻子一酸，挨着杨树的肩膀，叹道："哥，你这么好，三三知道吗？"

杨树涩笑，他淡然地刮着鱼鳞，说道："她知道的。"

个把小时后，三三出来，杨树正在熬鱼汤，她把他叫进了饭厅，两人坐在那儿，正正经经地谈一次。三三道："我知道人们在背后怎么说，我都知道，一直以来，大家都以为他负心走了，我一个人带大小波，但其实事实不是那样……"她顿了顿，继续冲说，"从一开始我就知道他有家，是我一直坚持着爱他，愿意跟着他，直到怀上了小波，他知道我喜欢这里，就租了个客栈，让我在这里安胎，小波出生后，他不能继续留在这里，是我让他回去的，我觉得我爱他，就得懂他，站在他的立场想问题，所以一直以来我都无怨无悔……"说到这里，她顿了顿，因为她看见杨树流泪了，三三叹口气，继续说，"这次小波生病，我突然明白到，小波身边真的需要爸爸，于是，我打电话给他……其实，他心里一直有我们母子，来接小波出院的时候，他跟我说，已经和他老婆摊了牌，并且当即就签字离婚，他说他不会再让我们母子受苦了……"

杨树什么也没说，因为什么都让三三说了，他还能说什么。此刻他满含泪水，也不知道自己为什么而哭。

三三抽了张纸巾，递给他，杨树迟疑一下，然后接过来，没有擦泪，而是握在手里。三三接着说："杨树，你是好人，真的很好，如果我心里不是一直都有他，我一定会爱你，但是，这世间没有如果。"

杨树示意她停止这个话题，他说："我明白，我都明白，你不用说。"

三三淡然一笑，杨树又问："那接下来你打算怎样？"三三道："他让我和小波跟他回昆明，这里，就找个人盘下来吧，等找到买家后，我们就跟他回昆明……"

杨树道："买家找到了吗？"三三道："还没有。"杨树想了会儿，深吸口气，说："那就盘给我吧！"

"盘给你？"三三迟疑。

"是的，"杨树说，"我很喜欢这里，第一眼看到就喜欢，而且妹子和阿唯也很喜欢这个院子。买家你就不用再费心了，就盘给我吧！"

三三迟疑："真的是因为喜欢吗？"

"真的，"杨树肯定地说，"杨树从来都不会骗你，从开始到现在。"

三三看了他许久，眼含泪水，她淡淡地说："好吧。"

客栈以六十万成交，卖家与买家都干脆利落，手续很快办好。三三走的那天，黑衣男带着她和小波子正要上车，小波子突然挣脱黑衣男的手，跑过来直接抱住杨树，杨树也蹲下来抱着他，热泪盈眶，小波子狠狠地咬了杨树肩膀一口，说："光头，我会记住你的！"

杨树含泪，狠狠地吻了小波子一口，就送他上车了。

听到这里，我说："杨树真是个好男人啊！"春晓道："是的，三三错失了。"

我又问："后来他就一直在那儿经营客栈吗？"

春晓道："是啊，我和卫唯在那儿住了几个月就走了，杨树一直在那儿经营，店倒是经营得不错。前些日子听说他找了个彝族姑娘结婚，现在快当爹了，日子过得还挺踏实的。"

记得以前听过一句话：只要你保持善良，上帝就不会忽略你，之前的错失只是因为不适合，只要善良，你就不会一直运气不好。

这句话大概就是杨树的写照吧。

二十三城记

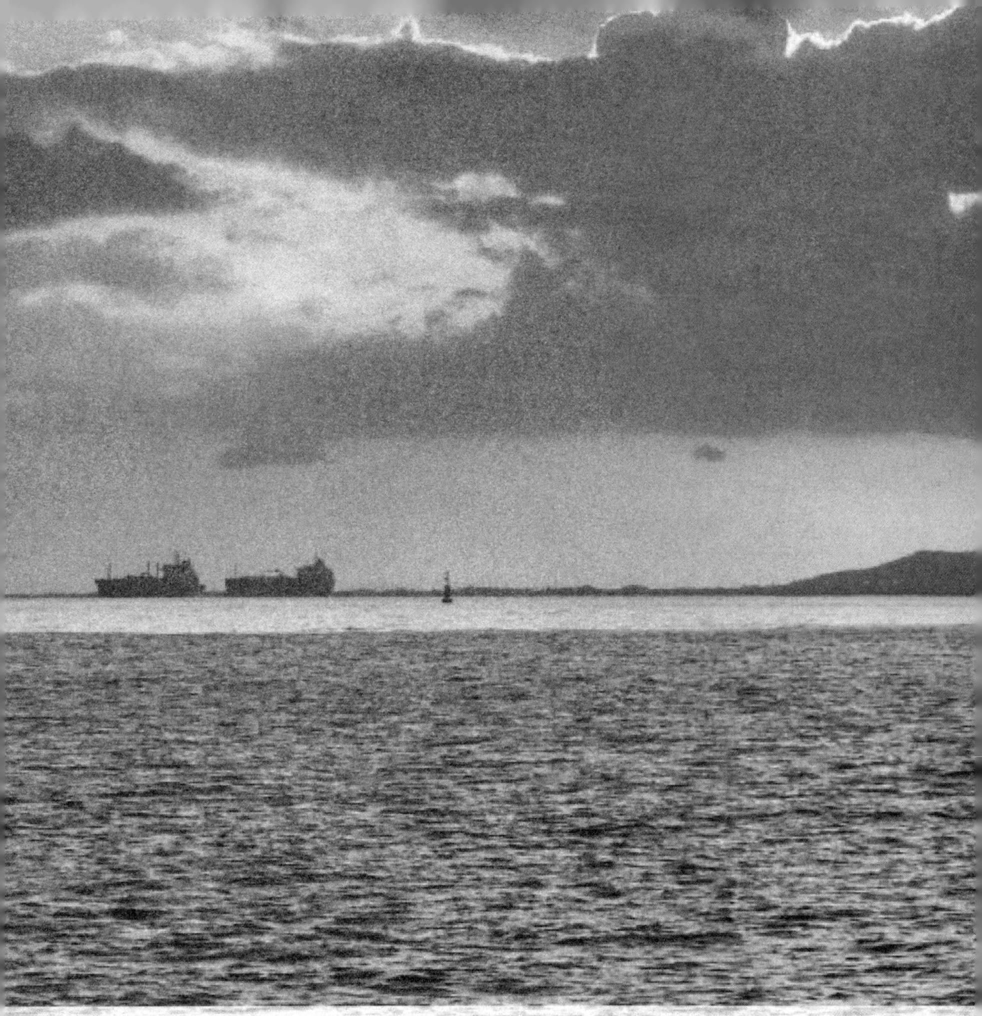

忆城

你能看到她闹情绪，
发飙，吃醋，嫉妒，
那是因为她正爱着你。

巽寮

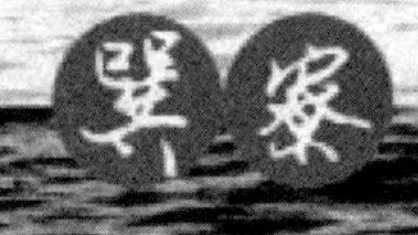

那些伤心回忆，你以为眼泪流干了，其实，泪痕还在。

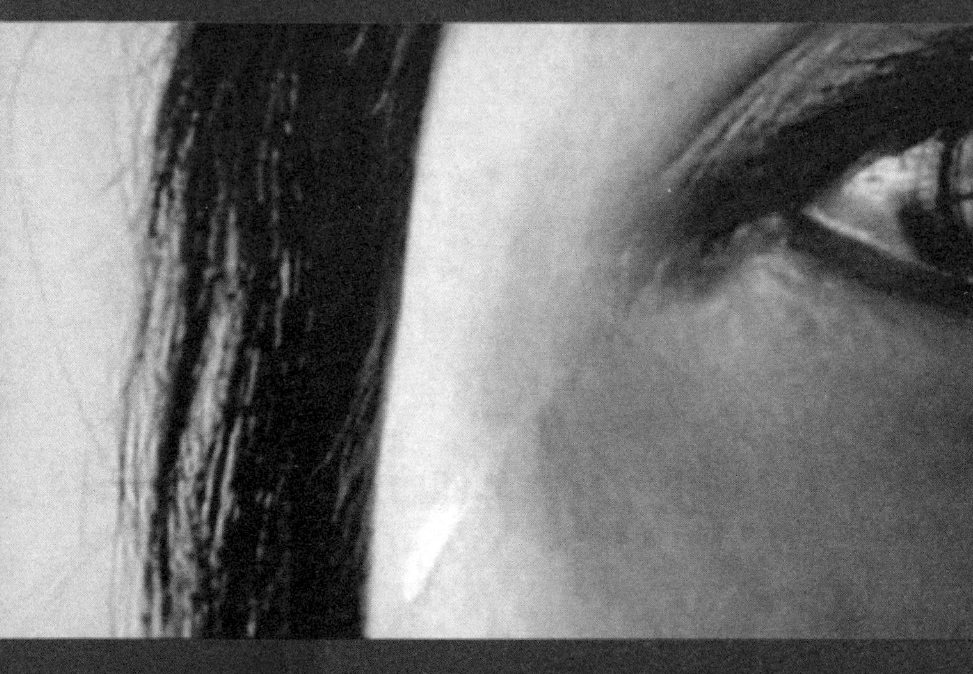

忆城——巽寮

我坐在办公桌前，翻开春晓每天都更新的云南游记与照片，没留意方普利什么时候站在后面，到我想站起来去斟水才发现他。他把手里的文件放我桌上，告诉我："受哈尔滨那边邀约，做四个版面的专题，到哈尔滨出差，这好事落你头上了！"我开心地接过文件，问道："是我去吗？"他说："还有我！"我又问："还有谁？"他凑到我面前，大概离我脸有10cm距离，沉声说："就我们俩。"我刚要说我不信他，旁边的小可就站起来说："还有我跟家明呢，西姐，别信他。"

云南四季如春，但哈尔滨也不错，是我想去的城市之一呢。这份工作就有这个好处，不过这样的公出机会不是每次都落到你头上，所以，来的时候就要倍加珍惜。我把文件略略看了一遍，便站起来去茶水间泡茶喝，方普利正好在里面抽烟，我斟开水的时候，他问："她……现在过得怎样？"

我认识的方普利十句话有九句都在开玩笑，这一句倒是听出他的认真，我把茶包放进茶杯里，笑道："你刚才不是站在我后面看好久了吗？"他喷了一口烟，说："我只看到图，没看文字。"我回过身来，静静地看着他，说道："放心吧，她现在挺好的。"

他又问："那男的好像有点眼熟，哪里人？"我说："北京的吧，是个民谣歌手，我不怎么听民谣，所以也不大了解，不过人蛮帅，春晓说，对她挺体贴的。"方普利用力吸了一口烟，笑道："以前她总怪我不够体贴，现在总算弥补上……"听到这儿，我偷笑，低头将杯子里的茶包沾湿，心想如果这话春晓听到会怎样，正想着，方普利又说，"没想到，你会和她那么好。"

是啊，我以前也想不到，会和春晓那么好。

和春晓认识是在四年前，那时候我刚进公司没多久，有次，公司的几个同事组织周末一起去巽寮湾，我还记得有方普利、苏丽娜、吴尤文和王珂，他们说有另一半的都带去，没另一半的自己去，方普利和王珂都有女朋友，丽娜和尤文还单着，她俩比较要好，去哪儿都住一块的，我那时候虽然有点害羞，但大伙儿活动，便也带上那时的男朋友小齐一同去。

那次活动是一个转折性事件，所以我记得很清晰。

小齐是我大学时就开始交往的男朋友，跟我一样是福建人，毕业后也留在广州工作，那时候想法很单纯，想着找到一份稳定的工作后就结婚，其他的也没多想，觉得我未来的丈夫就是小齐了……直到去了巽寮湾。

那次，方普利和王珂开车去，我、小齐和丽娜、尤文自己坐车过去，一路上，尤文笑道："西西藏了个帅哥也不早点带出来认识。”我有点害羞，就说：“哪里帅了，我从来都不觉得。”丽娜说：“反正我就觉得小齐挺帅的，那皮肤比我们都嫩，西西你别巽在一起久了就忽略人家优点嘛！”小齐跟几个美女同行，那天也寡特别的嗨，一直说话，跟丽娜和尤文从时事说到星座，我几次想插话，但就没插上，小齐说他是处女座，丽娜马上叫道：“我是摩羯座，绝配耶！”一虽说都是搭讪的话，但我那天听着就觉得有些别扭。妈妈曾经说过，正经人家的女孩，遇到别人的男人，多少得谨慎划分点距离才好。我一直谨记着这点，不过估计也是做人太谨慎，所以跟苏丽娜她们这种潮妹玩不到一块去。

聊着聊着，我们的车就到了惠东，我们在那里转车去巽寮湾，到酒店后，王珂出来接我们，说他女朋友没空所以自己来，我远远见到方普利和一个女生牵手站在一起。那是我第一次见到春晓，当时觉得方普利的女朋友真心漂亮，五官精致得很，是个男女一见都会有好感的女生。那天晚上，我们在海边烧烤，开始是大家排排坐着烧烤的，烤着烤着就剩我和春晓两个，三个男的都和丽娜尤文跑去玩水了，我刚开始挺专心地在烤鱿鱼，后来就慢慢分心了，眼光追随着小齐，好久没见他这么开心，这种笑容，怎么说呢，好像我们初见的时候才见过。春晓见我心不在焉，便笑道：“你也过去玩吧，我在这儿好了，我不喜欢玩水。”我一听，便谢过她，往小齐他们那边跑去，小齐见我过来，说道：“你过来干什么，过来了谁烤吃的！”我说：“方普利女朋友叫我过来的，她说她一个人可以了。”小齐道：“让人家一个人烤七个人的食物，你好意思吗你！”丽娜也在旁边说：“对啊，西西，你烤的排骨好好吃哦，我还想吃！”他们两个一呼一应地把我堵得没话说，于是我气鼓鼓地回来，春晓见我回来坐下，问："怎么这么快回来了？"我气呼呼地拿起鱿鱼啃着说："没心情！"

当晚，小齐回来洗澡，在浴室里哼了很久的歌，我裹着被子闭上眼，心里气鼓鼓的，没睡着，但又不好发脾气，怕他觉得我小家子气，他洗好回来侧身就睡，背对着我，我翻过来对着他的背好久，他都不理我，我于是伸手去抱他，但他马上说道："怎么滴，我好累，想睡觉。"我看着他的背，把气咽回去，我妈说过，做女人第一步就得学会忍耐。

但那晚，睡到半夜迷迷糊糊的时候，我仿佛看见小齐在看手机看了好久，手里不停地按着像在发信息……

次日，吃早餐的时候，看见丽娜一副不够睡的样子，打了几次哈欠。方普利说租了条船出海打鱼，大家都很踊跃，但刚刚出海没多久，丽娜就开始晕船，尤文扶着她道："叫你早点睡，一晚上拿着手机不停地按……"我听见，心里一惊，转头看身边的小齐，他把脸扭过去，看对岸的风景。因为丽娜晕船，所以船暂时停靠在对岸的小岛上，方普利提议大家在这里吃中午饭，找到餐厅后，我们就都纷纷上洗手间，我从洗手间出来后，发现不见了小齐，春晓说他一个人到特产街那边逛去了，我于是跟出去找，却发现他从药店出来。我上前问他来药店干什么，他说没什么就随便逛逛，说完转身就走，回头看我还一直站在那儿，便道："就随便逛逛，多想什么！"

我多希望只是多想了，但事实不是，那天我没看到，后来春晓告诉我，吃饭的时候小齐起来上洗手间，经过丽娜身边的时候悄悄塞了瓶风油精给她。

从惠州回来后，我明显感觉到小齐的变化，他开始变得对我不耐烦，有时候多说一句话他也想生气的模样，并且，他不回来吃饭的时间明显多了。女人是敏感细腻的动物，更何况面对的是天天一起生活的恋人，细微的变化都能立刻感觉到。有次吃晚饭的时候气氛闷得厉害，我深吸了一口气，问他："小齐，你是不是开始嫌我了？"小齐马上把碗筷摊桌上，说："你烦不烦啊！"我当时心里一委屈，积聚多时的泪水一下子就淌出来了，小齐见状，起来离开桌子道："动不动就掉眼泪，我讨厌看见你这样子！"他抓起衣服就上街去，前后不过几分钟。

我越发感觉这段感情像是一根紧勒着我的绳子，面对他的冷暴力，我十分难受，但又不想失去他。从大学到现在，努力找工作，努力在这个城市落脚，为了什么？不过是为了和他一起生活。我们一直好好的，不知道他怎么就这样了，是因为丽娜吗？我上班的时候注意到，丽娜越发注重打扮，她好像变漂亮了好多，她真的是小齐对我冷淡的原因吗？我心里非常难受，但……没有证据，这仅仅是我的猜测，然而小齐对我越发冷淡却是事实。

某个周末，我到超市买东西，却遇上春晓。她那天来广州，刚好碰见我，她见了我第一句话就是："杰西，你怎么瘦了那么多！"

我无力地点点头，不得不承认，虐心是最快的减肥方法。

后来我俩找了个地方喝东西，我不知为何对春晓那么信任，将积聚在心里许久的委屈和疑惑一股脑儿地倒出来，春晓听我说完后，喝了口果汁，安静地道：“杰西，我想对你说一些事，你听后必须冷静。”

我答应她我会冷静，那时我已经在心里揣摩到八九成了。接着她告诉我，那天去巽寮湾的所有人都知道，小齐跟丽娜有暧昧，她原先也只是看到他们偷递小纸条，后来是在方普利口里证实的。

“他们都知道吗？”我惨淡地笑，“看来就只有我不知道了。”

春晓道：“我一听到就觉得很过分，阿普（方普利）叫我不要多管闲事。但今天看见你这样子，”她伸出手来握住我的手，“我觉得，你有权知道，你也必须知道，他们太不像话了。”

我什么也说不出，反握着她的手，泪水像崩了堤一样滚滚而下。那天，我对着春晓哭了一个多小时，哭过之后，擦干眼泪回家，像往常一样做饭。

那天小齐回来吃饭，我把饭端上来后，他说：“小西，我有话想跟你说。”

我说:“我也有话想跟你说，但想安安静静地吃过这顿饭先。”

他同意，我们便默然吃饭，那天，我做了他爱吃的焖豆腐和爆炒鳝片。吃过饭后，他帮我收拾碗筷，我便坐在饭桌前，斟了两杯水。小齐问：“谁先讲？”我说：“我先讲吧！”他同意，我便开始讲了。

我说：“小齐，再过五个月我们就在一起三年了，这两年多的时间里，我们能在一起住的也就大半年时间，这大半年跟你在一起生活的时间里，说实在，我一点也不好受……”听到这儿，小齐想说话，我摆手示意他让我说完，我继续说，“你在生活上，巽就跟没断奶似的，每天早上都是我给你挤的牙膏，帮你配好第二天穿的衣服，还帮你做早餐，因为担心你在外面吃的不干净，每天晚上我买菜都很头疼，因为不知道你那天胃口如何吃多少饭，煮少了怕你不够吃，煮多了又不想浪费，这大半年来，你知道我每天早上把午餐打包回公司是为什么吗？公司有配午餐的啊，我只是不想浪费你吃剩的饭菜，当然，我不嫌弃吃你吃剩的饭菜，但你不能一直觉得这是理所当然的啊，我不是你的佣人，我跟你是平等的，凭什么你每天就吃新鲜的，第二天我就得吃你剩下的啊！”

小齐忍不住插嘴道：“原来你不愿意，我一直以为你愿意这样吃！”

我喝了一口水，继续道：“这房子的租金是我交的，水电费瓦斯费是我交的，电话费是我交的，你说你存着钱是准备供咱俩的房子，可是小齐，你太不尊重我了，无论大事小事，你都不尊重我，没错，以前我一直都愿意吃你的剩饭，交所有的费用，那是因为以前我爱你，可我现在告诉你，从现在开始，我不会再愿意做饭给你吃，也请你务必搬出去另找房子，因为我已经不爱你了，我不愿意再为你付出了！我已经彻底地厌烦你了……我要说的就是这些，现在轮到你发言。”

小齐看着我，一时说不上话来，大概他想不到我此刻会先声夺人，我忍着要溢出来的泪水，冷冷地看着他，小齐端起桌面的水一饮而尽，而后说：“你要说的说完了，我想说的，也没必要说了。不过杰西，有些话我也想跟你说，我们俩真的不适合，每次吵架你都把话说绝了，要不就在那儿掉眼泪，其实每次我都不知道自己错在哪儿，我做得不好你像今天这样全说出来好了，但你以前每次都不说，对不起，我真的不知道你恼怒什么，也不知道你在想什么，我好累，只想简简单单地生活，我不想每天都去猜身边人想什么。现在你说分开，我想对我们俩来说都是好事，因为我们真的不适合。”他站起来，双手撑着桌子面对着我，说，“我会尽快搬出去，希望你自己也好自为之。”我盯着他的眼睛许久，他也看着我许久，然后，他就拎起衣服打开门出去了。这场谈话里，我们谁也没提过苏丽娜。在一段溃烂的感情里，不需第三者来彰显优势。

那天夜里，小齐没有回来，我一个人在屋里，哭尽了这场感情的所有眼泪。第二天，请假两天瘫在屋里什么都不想，到第三天，小齐来把所有行李搬走以后，我忽然蹦起来，把整个屋子擦得干干净净，还喷上新买的香水，我要这个空间里不再有他的气味。

这件事以后，我和春晓成了朋友，她在我最难熬的时候在我身边鼓励我，带我去买新衣服，弄新发型，带我去看电影，还送给我一本《为何越爱越孤独》。当我翻开扉页的时候，看到每行字眼里熟悉的自己，哭得撕心裂肺，但就像春晓说的，哭完了，你就懂了。原来，女孩之所以在恋爱时会闹别扭，统统源于对自身的未知和不自信，你能看到她闹情绪，发飙，吃醋，嫉妒，那是因为她正爱着你。

跟小齐分开后，我活得比自己想象中要坚强，没有因为跟苏丽娜同一公司而辞职，因为我很明确自己需要这份工作，后来苏丽娜换了另一家公司，临走前说想约我吃饭，我拒绝了，她问原因，我说因为我跟她一向都没什么话，并祝她仕途顺畅。后来我跟春晓说起苏丽娜走了，春晓问我是不是还介怀小齐的事，我说那时候已经没有感觉了，只是对苏丽娜这个人一直都是不带感。春晓咯咯笑着，问我还会不会去巽寮湾这个地方，我很老实地回答她，没有特别的事情，我一般不会去。

今天，在茶水间里，跟方普利聊起春晓，和那年巽寮湾的事，方普利说："没想到你和她，会那么好。"

我看着杯子里渐浓的茶，淡笑道："我和春晓，其实骨子里都有很相像的东西。"

二十三城记

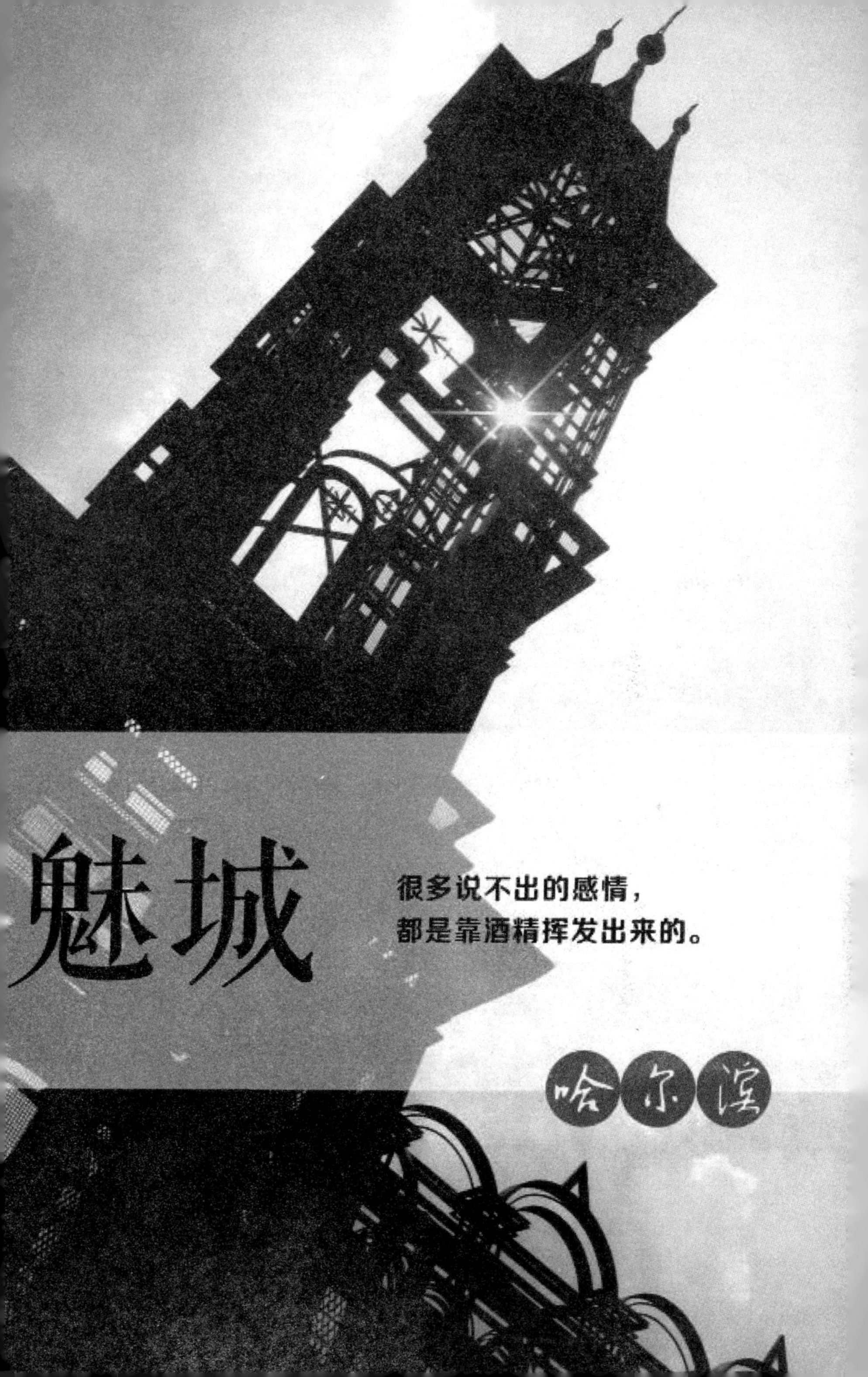

魅城

很多说不出的感情，
都是靠酒精挥发出来的。

哈尔滨

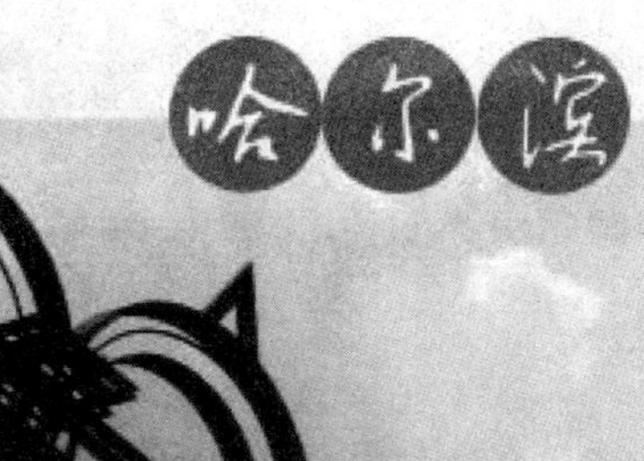

年轻就是好，因为不自知。

魅城——哈尔滨

哈尔滨，是我来公司之后公出最远的城市，对于刚来不到一年的小可和家明来说，更是不可多得的机会，一路上我们几个都非常的兴奋。踏入哈市的时候，已至夜晚，夜幕下的哈尔滨，分外妖娆。接下来就得深入了解这个冰城，当然，少不了方普利的摄影大片和我煽情的文字。

接待方带我们到马迭尔进餐，马迭尔已经有百多年历史，这里有着最正统的俄国西餐和最出名的冰棍，还有小提琴演奏，门外的中央大街，满街自由音乐人演奏苏联歌曲，这是哈尔滨平常的一个夏夜，感觉却满溢着节日气氛。

年轻人最容易被气氛感染，小可在中央大街上奔跑着，拿相机不停地拍照，别以为她喜欢拍夜景，差不多每一张都是反过镜头来自拍的，她最喜欢的就是跟方普利同行，这个山东小姑娘一声声的“普哥哥”把人都叫酥了，方普利也不嫌重，去哪儿都背着十多斤的单反，一路地给她拍照，说真的拍那么多有什么用呢，都是差不多的照片，一晚上拍二十多张个人照发微博上都怕朋友看了审美疲劳……可是想想，我以前也差不多是这鸟样。所以年轻就是好，什么都不自知。

晚餐过后，我们在中央大街闲逛，方普利和小可在前面拍照，我和家明走在后面，徐徐晚风，吹来阵阵清凉，中央大街那么热闹，旁边的人却十分沉默，我知道家明的心思，他的眼光都系在小可身上，可是襄王有梦，神女不知，我于是提醒他：“女生有时候不是感觉不到，而是她想你说出来，不要作任何暗示，女生就是欣赏有勇气的男生啊！”

“可是，”家明推推鼻梁上的眼镜，“如果说出来她拒绝了，再做同事就很尴尬了。”

看着在前面奔跑着，对方普利笑得花枝乱颤的小可，我呼了口气。家明其实也没说错，现在的小女生想什么，我都不知道了。

家明说：“我想跟普哥学摄影呢，拿着个单反，多帅啊，关键是，摄影师很受女孩子欢迎，一般女生都希望有个摄影师男友啊，随时随刻都能帮自己拍出美美的照片。”

“这是没跟摄影师在一起之前这么认为的，”我说道，“跟摄影师在一起之后就发现全然不是那回事了。”

家明说：“对了，西姐你男朋友也是摄影师呢，他是不是也经常帮你拍照啊？”

“他……经常拍的都是房子。”我说道。其实也会拍我，只是，那些都是拿不出手的。

顺带说一下，我男朋友不是专业摄影师，他是个室内设计师。他拍的建筑非常专业，都拿过好些奖，只是拍人就很不走心，连我好看的角度都不会抓拍。

然而方普利就不同。

我看着在前面跟着小可猛按快门的方普利，想起他说过的一句话：“拍照之前，你要了解那个女人，你懂她了，就能抓住她最有感觉的一面。”

想起以前在他家看到的春晓的照片，真的很惊艳。只是一些随拍，却能把春晓最漂亮的角度和感觉都拍出来。做同事这些年，我很少叫他拍照，但有一次，他递给我一张照片，是拍我在湖边投石子的，满脸天真的笑，没想到我大笑起来也会那么好看，我一直都介意自己嘴大，但在方普利的照片里，这样肆无忌惮的笑也是好看的。

所以，方普利很受女人欢迎，不仅是因为他会拍照，而是无论哪个女人，都能在他的照片里看到另一个自己。

接下来的两天，我们登龙塔俯览哈尔滨，随意地坐公交车逛市区，觉得哪个地方给力就下来拍照，拍哈尔滨特色的肯德基，多角度和延时拍摄圣索菲亚教堂。别以为夏天的哈尔滨就看不到冰雕，在太阳岛的冰雕艺术馆里也能穿着棉袄进去拍冰雕。哈尔滨的夏天，其实一点也不比冬天逊色。

离开哈尔滨的前一天晚上，基本任务完成，稿子也定了，方普利说要吃一顿松花江鱼才走，于是搜到一个很多本地人光顾的小店，几个人围着一口大锅来煮鱼，像吃火锅一样，松花江的鱼很鲜甜，没有我们常吃的鱼腥味，大家吃得高兴，叫了两打哈尔滨冰啤来喝，大热的天，热辣辣的煮鱼，喝着冰凉的啤酒真爽啊，小可拉着家明玩真心话大冒险，规则就是：要不说真话，要不就喝酒。然后她就问了一些奇奇怪怪的问题，家明憨厚，答不出就喝，结果不胜酒力，几瓶下来脸就红得发烫，但小可就是不放过他，继续问一些她想知道但家明又答不出的问题，我发现小可其实一直都明白，她在找一个机会把家明的态度给逼出来，但她又怎么知道，其实家明比她更加患得患失呢？

那晚，我和小可都不怎么喝酒，两个男的就喝高了，方普利还好，还能走，就是非常多话，不停地说。家明可不行，都醉得不省人事了，坐计程车回酒店的路上，我和小可扶着家明坐在后排，家明一路上都靠在小可的怀里说着胡话，小可拿纸巾不停给他擦脸上的汗，说：“这人怎么就这么取呢……”我在旁听着想笑，也不知道此刻家明是真的醉得没意识还是装的，反正，很多说不出的感情都是靠酒精挥发出来的。

回到酒店，我和小可搀扶着家明回他们房间，扶他躺床上以后，小可就立马去烧开水，进浴室洗毛巾，我在旁边站着，看她此刻一点也没有回房间的意思，旁边的方普利扯扯我，示意我们出去，他把房门轻轻关上，小可也没发现我们退出来了。站在门外，我问方普利：“那你怎么办？”他笑道：“到你房间去歇歇，晚点看他们什么情况再说。”我觉得这样好像有点不妥，但他回头看我，怕他觉得我想多了，就只得带他回我和小可的房间。

一进房间，方普利看了两张床，就说："左边的一定是你睡的。"我问他怎么知道，他笑道："在宾馆睡还叠被子的，像你作风。"说罢往小可床上一躺，说："好吧，我来嗅嗅小姑娘的味道。"我白了他一眼，看他躺旁边的床上，我又不好上床睡觉，只得坐在旁边沙发看电视。不一会儿，方普利说："杰西，帮我弄条湿毛巾吧，我也喝了不少。"

我于是放下遥控器，进浴室开热水把面巾弄湿，拧干水后，再拿出来递给方普利，他眯着眼，指指自己的脸，我呸了一声，便把热毛巾轻轻敷在他脸上。待我把毛巾给他敷好的时候，他忽然抓住我手腕用力一扯，我站不稳，便整个人摔他身上。他倒是动作很快，马上反过来把我压住。我想挣扎，发现动弹不得，方普利的脸在我眼前放得很大，满满的酒味喷我脸上，他想亲我嘴唇，但我立马别过脸。

"亲一下不可以吗？"他问道。

"你喝多了，可知道我是谁？不要乱来。"我说道。

他笑道："我怎么不知道，你是程杰西。"他亲了一下我的脖子，说，"我还知道你喜欢我很久了，不是吗？"

他这人胆子也真是忒大了！我正眼看着他，说："不是。"

方普利哈哈大笑："女人就是口不对心啊，都一样，好，你说不是就不是，但我是真的喜欢你啊，你就不能抱抱我吗？"他像个孩子一样哀求着说，"抱抱我——"

我的手扬起来，又放下了，因为感觉到他有生理反应，我知道此刻一抱他，接下来的场面我更难控制，千百种可能都在我脑海里闪过，我挣扎着想起来，但他反而越搅越紧，我哭笑不得，说道："让我起来好吗，我好尿急，你压着我肚子我都快尿床了！，这一招真心有效，方普利马上放开我，但我没有骗他，我真地尿急，他放开我后我便立马翻起来冲进洗手间，把门锁好，坐在马桶上，心扑扑地快要跳出来。稍坐一会儿，忽然有点想哭，其实我不讨厌方普利，平日还挺欣赏他的，但此刻怎么说他都吓着我了，而且他还是个有妇之夫。我思绪很乱，满脑子都是 Ray！ Ray！ Ray！在这时候，才感觉自己很需要人保护，这一刻，我好需要 Ray。

我坐在马桶上，不想出去，因为不知道出去场面如何，还是坐久一点，想好再出去。我就这样坐在里面好久，直到听到方普利起来穿鞋，然后出去把门带上的声音，我才出来，见屋里只剩我一人，长长地呼了口气。

接下来，几乎一夜未眠，翻来覆去，觉得有些话想跟方普利说清楚，但想想又没必要，怕越描越黑。就这样想到差不多四点，才缓缓睡去，天刚蒙蒙亮，又醒来了，因为听到房卡开门的声音，我整个人惊了一下，看到进来的是小可，才松了口气。

小可头发凌乱，她提着鞋轻声进来，看见我醒了，就说："不好意思啊西姐，还是把你吵醒了。"

我说了句没事，便又倒头再睡，这下心里踏实很多。

次日，四个人一起吃早餐，四个人眼袋都是黑的，而且，大家都非常沉默地吃早餐，家明叉了根红肠想给小可，小可对他使了下眼色，他便想把红肠递给方普利，但见方普利低头吃一点反应都没有，最后那根红肠就递给我了。我弱弱地笑笑示意道谢，心知自己也笑得很尴尬。

方普利一边吃早餐，一边不停地打哈欠，家明很小心地问：“普哥，没睡好吗？”方普利道：“明知故问，我就窝大堂沙发里睡了一晚，你说能睡好吗？”

我想笑，没敢笑出来，仍旧一本正经地吃早餐。

飞机飞了六小时回广州，我们几个都在飞机上睡沉了，待醒过来的时候，机舱里的人都差不多走光了，匆匆下飞机，提行李，再去赶机场大巴，方普利路过东海堂说买一盒蛋挞回去哄老婆，家明此刻已经不避忌，把小可的行李全背在身上了，我到了机场大巴的门口跟他们分手，小可问我不跟他们回去了吗，我笑笑，说已经跟公司请了两天假，去深圳陪男朋友。

方普利一整天都避开跟我说话，到道别的时候，他看着我，说道：“替我问候一下 Ray。”

“一定，”我冲他笑笑，希望这一笑能消除尴尬，“好的，我走啦，再见。”

从哈尔滨到广州，再到广州去深圳的路上，我都心神不定，到从深圳北站下车的时候，我长长地呼了口气，心定了点，嗯，只要见到 Ray，就好了。

二十三城记

伤城

我们所谓的感觉，皆含有兽性，
只是我们美其名曰：有感觉。

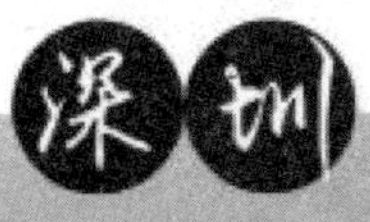

有人说，灵魂伴侣，是个高层次的哑谜。

伤城——深圳

往常，从深圳北站坐车去Ray家里得个把小时，从公交站下车后还要走十五分钟才到，但这一次，夜色已深，我竟觉得路那么短，一下子就走到了。这一路，人都处于浮游状态，我好像在想什么东西，但又不知道自己想什么，只是觉得不安，忐忑中，已到了Ray楼下。

我没有事先打招呼就来，开门的时候Ray吃了一惊，他一边接过我手里的行李，一边问："你没跟我说你要来，我这屋子里乱乱的还没有收拾……"换了平时，我会笑说自己来突击检查，看看有没有藏了女人，但这次，待他一关上门我就抱着他，说："我想你了。"他用手摸了一下我的额头，问道："你今天怎么了？"我于是把他搂得更紧一些，深吸一口气，说："我想要你。"

Ray的表情有点愕然，说真的，我也对此刻的自己愕然，仿佛被什么附身了一样，身体不听脑子的使唤，我把他压在设计台上，吻他温热的唇，他的手机在台上颤动，我们的身体紧贴着台面，仿佛身体也跟着触电一般，Ray睁开眼睛转脸看着颤动的手机，但我把他的头扳过来，并伸手钩着他的脖子，把他钩到我身上来，我说："别管其他，此刻我就想要你！"

Ray 看了我几秒，于是摘掉眼镜，把我抱起来扔到床上，我像蛇一样紧紧缠着他，这样抱他的时候，其实我有一点心虚，觉得自己要狠狠地跟 Ray 融为一体，才会变回原来的我。

次日醒来的时候，阳光初露，从窗玻璃上反出的光照在我脸上，我翻了个身，看着身边熟睡的 Ray，知道自己此刻在深圳，想想昨日早上醒来还在哈尔滨，跟现在对比起来，像是两个世纪。

一切又变回以前一样了。我轻轻起来，去厨房给他做早餐，冰箱里依旧是满排的鸡蛋，还有半截方包，我将面包切片，涂上蛋液煎多士，又煮了个面，Ray 喜欢蛋煎多士，我一大早就喜欢吃热热的汤面，所以他家的冰箱里总会有这些食材。早餐煮好后，又冲杯美禄，一起端桌上，Ray 还没醒来，我不想那么快吵醒他，就一个人坐沙发上看书，看到桌面上我手机上的绿色灯在闪，于是拨开屏幕一看，发现方普利发了两条信息过来。

第一条：后天开会，记得回来。

第二条：那晚之后，对你加深了认识。

看到第二条，我差点一口美禄喷上手机，方普利还敢提这事，他胆子是被什么撑大的！我把手机丢桌上，决定不搭理他，继续看书，但看了一会儿，却发现还是看不进去，于是抓起手机回了他一句：“你说这话什么意思？”

他倒是很快就回了：“没其他意思，帮我问候 Ray。”

我冷笑，亏你还知道 Ray 是你朋友。

Ray跟方普利认识得比我还早，事实上，介绍我俩认识的还是方普利。那年方普利参加了个古建筑摄影大赛得了一等奖，另外一个拿一等奖的就是Ray，那次赛事之后他俩交了朋友，我还记得方普利讲过，这个世界上竟有那么巧合的事：他得奖的照片拍的是台南的赤坎楼，是Ray的家乡，而Ray获奖的照片竟是赤坎古镇，是他的家乡。

那时候觉得世界真是奇妙，但后来知道更多的事之后，只能说这些是人生的巧合罢了，人生总会有很多巧合，把那些有缘的人聚拢在一起。

万万没想到的是，就在那天早上，Ray和我就分手了。因为这件事，我恨了方普利很久。并认为，这导火线是因他而起的。

那天早上，Ray起来后，我们一起吃过早餐，接着他说冰箱里的饮料喝完了，要到楼下去买，我嗯了一声，叫他给我带瓶酸奶，然后看到他阳台上的花有些叶子黄了，于是提了盆水来给他浇花，他家住十八楼，我在十八楼的阳台上看着他走到士多店的门口，突然停住了，像想起忘了什么一样，转身往回走。

都到士多店门口了，为什么不买了汽水再上来？忘了什么这么重要？我突然想起了什么，犹豫着把脸转向室内，眼光停在放在绘图桌上的他的手机。

我像被什么力量推动着一样走过去翻他的手机，在此之前，我从来都没有翻过他的手机。在跟 Ray 一起之后，我跟自己说要给彼此自己的空间，更要信任对方，所以，我们一个星期才会聚一次，平常就过各自的生活，这种平和的状态一直维持了一年多，直到我翻开了他的手机。

他的手机不设密码，因为我从来都不翻他手机，所以此刻，一条未读短信映入眼帘："打了一晚电话你不接，她在吗？"

注名：JennyLo，这是个女孩的名字。他的电话设了无声，所以我们都没发现有十几个未接来电。

这时，Ray 回来了，他推开门，刚好看到我拿着他的手机，我回过头来看着他。他呆了片刻，把门关上，便过来夺过手机，脸铁青着说："你为什么私下看我手机？"

我一时失笑，因为他的模样是真的愤怒，我被那一瞬间的他吓着了，稍缓过气，便说："若不是看到你突然回头慌慌张张的样子，我还真想不起来要看你手机。"

Ray 把手机合上，坐在那儿什么也不做，板着脸。片刻后，我问他："JennyLo 是谁？她为什么知道我在？你有什么需要对我解释的吗？"

他看着我，突然就笑了，笑得很怪，他去客厅把我的手机拿过来，递给我说："方普利那两条半夜短信，你又有什么要对我解释的？"

我瞪着他，呆了，脑子迅速地转动，我记得他一整晚都睡在我身边，他又是什么时候看到那两条短信的？

我一时说不上话，不知道如何跟他解释那晚的事，关键是，我觉得那时他的表情，我解释什么他都不会听。

片刻后，我说："这一年多，我是怎样的人，难道你不明白吗？"

他看着我，瞳孔里倒映着我慌乱的脸，他说："这一年多，我是怎样的人，你明白吗？"

没想到他会这样问，这问题让我有点蒙，他问出来之后，我在心里打转，想着自己到底有多了解他。

"Jacy，你不懂我。"Ray吐出了一口气，说道。

等等，刚不是我要他交代那些未接来电的吗？怎么一转话锋就变成我不懂他了，我正想转回话题，但此刻的他却一脸认真，我心里突然慌了，怯怯地问："你这话什么意思？"

他转过头来看着我，认真地说："我觉得我们不适合，大概半年前我就这样觉得，只是，一时半会儿也不知如何跟你说……"

他说到后面，我有点听不进去，大概是保护意识让我自动屏蔽了他的某些话吧，忽然觉得他说那么多，我听得很晕，于是我说："简单一些吧，你想怎样？分手吗？"

他轻轻地说："是的，我累了。"

我突然很想笑，苦笑着问他："那当初你为什么又和我在一起啊？"

他答："多巴胺上升吧。"

我突然想笑，却又笑不出，回想起我对他的第一印象，只觉得这男生长得帅气，手臂上的肌肉线条很美，让我有种想要抱住这手臂的冲动。难道我这就不是多巴胺上升吗？

我们所谓的感觉，皆含有蠢蠢欲动的兽性，只是我们美其名曰：有感觉。多年后若是有人问我当初为什么一眼就喜欢 Ray，我会毫不害羞地说那是因为想睡他，相信 Ray 当时亦是一样。只是后来我们彼此达到目的，想要上升到更高的境界，却发现自己没有通往对方灵魂深处的门票。

然而我那天还未想通，我们明明前一晚情意融融，为什么次日清晨就这样分道扬镳。我有点失措，因为根本就没有心理准备。

到后来成熟一些，才明白，人生又有什么是让你准备好，按你的意愿发生的呢？往后更是明白一条规律：所有的突然背后定有必然。日后想起自己与 Ray 的这段感情，扪心自问，我其实也没有给他通往我灵魂深处的门票。

然而那天，我跟 Ray 就这样分手，没有大吵大闹，没有乱砸东西，甚至没有恶毒诅咒，让我总感觉自己好像亏了点什么。那天，我收拾好东西走到门外的时候，回过头跟他说："我跟方普利什么也没发生过，你信不信？"

他坐在屋里抬头看了我片刻，说："现在说这个，没有意义。"

我心里一刺，终究是疼痛，眼泪不争气地滚下来，他苦笑道："我的手机在这儿，你还想要看吗？"

"我不要看！"我突然大声吼道，声音的分贝把自己也吓了一跳，还未等他作出反应，我便反手把门关上，站在门外，让泪水放肆地流下来。

那道门，好像隔着一重山啊。

那天早上，深圳的天空阴沉沉的，想要下雨但又一直没有下，气压低得让人喘不过气来，我走到公交车站再回过头来看那条熟悉的路，然后跟自己说，下星期，下下星期，再下下星期……我应该不会再来这里了。

二十三城记

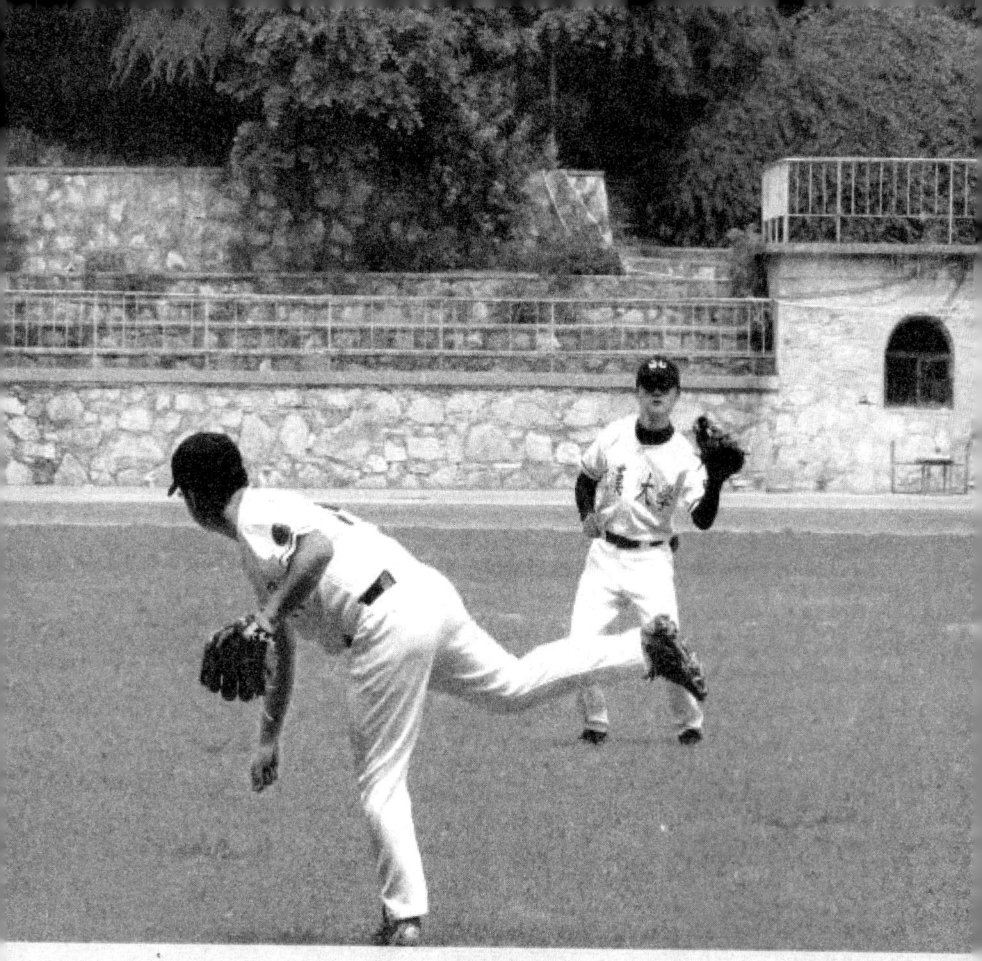

舒城

这辈子会遇见好些喜欢的人，
但可碰不可碰，自己一定要分清楚，
世上哪有那么多不可自控，
不过是为没原则找借口而已。

武汉

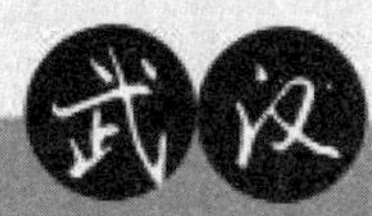

据说，最能拯救女人的不是男人，而是境界层次比她更高的女人。

舒城——武汉

我大概就是传说中那种长颈鹿女孩，星期一脚上踩到钉子，星期五才传到大脑。

因为与 Ray 的这场感情，我高估了自己的情商。

分手之后的三天，我以为自己没事，三天过后，我开始崩溃，因为周末来了，我忽然空落落，失恋最原始的痛其实是很难从习惯中抽离。

我窝在家里度过一个患得患失的周末，上网看着 Ray 有没有更新微博或其他消息，但他一点消息也没有，难道这段感情结束，他一点也不糟心吗？我打开衣柜，他送我的衣服还挂在那儿，我戴的表依旧是和他一起的情侣款，难道这些东西都失去意义了吗？我一整天都把手机握在手上，连上厕所也带上，生怕错过他的电话或消息。

然而手机静悄悄的，他没有打电话来，我躺在床上，觉得秒钟行走的声音分外响亮。

我还未能缓过气来。

周末两天几乎都是夜晚无眠，于是星期一早上给自己细细化妆，强打精神去公司。然而有一个人，我是不想见到的。

方普利。

办公室就那么几个人，想避开不见是不可能的，一大早在茶水间里斟热水，方普利进来，我见了他刚想走，他却在背后说道："化妆别化得太刻意，太刻意人家就会发现你一脸倦容……"本来，他嘴贱我也不是第一天知道了，但那一刻听起来却是句句刺耳，我一股热气往脑冲，转身拿着灌满热水的杯子就往他脚边砸去，杯子"呯"一声摔成粉碎，方普利赶忙跳开，但热水还是泼了他一裤子，他脸色涨红，咬着嘴唇刚想发火，背后却有人咳了一声，原来是主编高见优，她瞟了一眼地上的碎片，淡然道："还有5分钟开会，你们准备好吧。"

我从喉咙里"唔"了一个只有自己才听得见的声调，便去准备资料，一边打印文件，一边忍不住飙泪，心中有股冤屈难以舒展，我默默流泪的样子弄得办公室其他人都莫名其妙，大气也不敢喘。

会议是为定周年特刊的专题，高见优让大家想想不同的方案，我将之前想好的方案准备好，这个方案还是在哈尔滨的时候跟方普利一同想出来的，我打起精神开会，心里在组织待会儿发言的句子，高见优让方普利先发言，方普利就开始说："周年刊的专题，我想以低碳环保游为主题……"我傻眼了，这正是我们在哈尔滨的时候一同想出来的方案，没想到他抢先说出来，我慌乱起来，不知所措，方普利发言完毕，高见优赞了句："不错，"她转头看着我，问，"杰西，你呢？"我手心冒汗，脑子里尽快组织，于是我说道："我想，用美食游的专题……"高见优道："详细说一下。""这个……这个……"我慌乱至极，脑子里一片空白，最后泄了一口气，说，"对不起，我没准备好。"

高见优看了我一眼，便道："下一个，家明你说吧。"

家明开始发言，说什么我此刻已经一句也听不进去了，双手都冒冷汗，急得直想哭。

会议过后，高见优跟我说："到我办公室来一下吧。"

我进去，她示意我坐下，问我要不要喝柚子茶，我点点头，她便自顾自地泡茶，说道："没猜错的话，你今天准备的那份资料应该是跟方普利的相差无几吧。"

我愕然，她竟如此心细。

高见优把茶端给我，接着说："你一向做事严谨，我想，你要么就是跟方普利的方案撞在一块，要么就是个人生活的事让你乱了节奏……"

我喝了口茶，道："两种原因都有。"

高见优道："我看了你上一期写的哈尔滨专题，很棒，所以我想，有机会的话还是让你多走走，我13：00就要飞武汉出差，你没其他事的话就跟我一块去吧。"

"13：00？"我看看表，已经十一点了，"岂不是现在就要走了？"

高见优道："对，现在就出发，我开车送你回家，尽快收拾衣物就走。”

就这样，跟着高见优，来一场说走就走的差旅。

高见优比我大六岁，三十出头的她长着一副素净的脸，总是淡妆，长发，长腿，休闲服，我们走在一起真的看不出年龄差异，我一直欣赏她，做事干净利落不拖泥带水，什么事都是说做就做，去旅游说走就走。要知道说做就做和说走就走不只是一股冲劲，还有的就是背后强大的资本和能力。但这么优秀的女子却一直未婚，奇怪的是她身边也从未见过男伴，一个优秀的女人单身久了，坊间就会有很多传闻，比如说她是老板的小三儿。因为像高见优这样的女人，还真不是一般男人能消费得起的。

一个小时前还在阴雨连绵的广州，一个小时后就到了阳光明媚的武汉。

高见优做事节奏很快，而且有时间观念，她谈话时不会拉太多开场白，很巧妙地就入正题，明明是来拉赞助的，却也能将利弊一一列出，并提出不同方案供对方选择，从而引导对方选择最好的方案。

她跟我说：只有一个方案，任何人都会犹豫，因为看不清优势在哪儿，但如果提供几个不同的方案，对方便可以从中分出优劣，但其实这些方案都是在我们的范畴内。

跟着高见优，总能学到东西，我始终对她是老板的小三儿的传言抱着怀疑态度，她根本靠自己的能力就能坐上这个位子啊。

那晚顺利签了合约，而且不用喝一滴酒，饭后，高见优回到酒店换了一身运动服，说道："吃得太饱，到东湖去跑步吧。"

武汉夏天的晚上很热，但东湖这一块却是十分沁凉，阵阵凉风吹来，吹走白天的闷热。我们在湖边慢跑，十分舒服。入职三年，我还是第一次单独跟高见优出差，不工作的时候她也像个普通女孩，健身，保养，充实自己，做什么都目的明确。我看着她，心想自己什么时候才可以这样踏实地做人。

高见优见我发呆，便问："想什么呢？"听她这样问，我突然胆子大起来，说道："公司大部分人都说你是庞总的情人，但我有点不大相信，所以在想我的判断是否正确。"高见优听后哈哈大笑："为什么不相信？"我说："直觉！"她停下脚步，说："你是第一个敢问我的人，很好！"我兴奋地问："我的判断对了，是吗？"高见优收起笑脸，说："所有的传闻都有可循的路径，有时候未必空穴来风……"她说出这句，我突然愣住了，她看着我，又笑了笑道，"我这么尽心为庞洪做事，多少是有点建立在喜欢他的基础上，庞洪很有人格魅力，跟他一起工作就会有信心，这一点，不是每个老板都能给你的。"她一边说着，一边走到湖边的石凳上坐下，继续说，"我承认自己喜欢他，但这种喜欢只限于精神上的，庞洪有家室，我没必要做傻事，人啊，这一辈子会遇见好些喜欢的人，但哪些是可碰的哪些是不可碰的，自己一定要分得清楚，世上哪有那么多不能自控，不过是为没原则找借口而已。"

我在她身边坐下，跟她靠得很近，我说："看来我想的是对的。"她看了我一眼，说道："谢谢你不那样想我。"我呼了口气，笑着说："是这世界大部分的人都喜欢把别人想得太浅薄吧。"高见优接着说："那是他们正浅薄着。"

我们相视而笑，这一晚，我感觉与高见优靠近了很多，更喜欢她了，大抵是我们身上有某些相同的东西吧，这种默契也只有相似的人才能感受得到。有时候会想，如果我和高见优不是上下属的关系，或许我们会做好朋友，或许吧，这只是我单方面的想法。事实上，高见优做人做事都点到即止，大家不仅没见她身边有男友，就连亲密的闺密也不见，她总是那样独来独往，高冷淡然，就如我们在武汉东湖坐在湖边的那一晚，感觉那么靠近，但也总觉得与她之间有一道看不见的屏障。

独立又通透的女人，大抵都会在气场上与人有隔膜，也许这个，就是我那时感觉到的那道看不见的屏障吧。

次日，回广州前，高见优说："陪我去母校走一趟吧！"我那时才知道，她是武大毕业的。

夏天的武大，看不到浪漫的樱花，但也满盈着绿意，我们去的时候，刚好是毕业季吧，很多女生穿着旗袍在那个著名的宿舍大楼和图书馆拍照。高见优带我绕了一圈，最后来到操场上，她说她读书的时候不开心都会一个人在这操场上坐一会儿，看看人家打球，一个人呆坐一会儿，就消化了。

我于是陪她在那儿坐了一个下午，看着橄榄球社的学生在那儿训练，高见优抱膝坐着，像个小女生一样看着，她脸上很平和，看不见任何情绪，我倒是会想，她会不会有点不快乐。

静默了一会，她开口说："有没有告诉过你，我是新闻系毕业的？"见我摇摇头，她继续说，"那时一心想着以后要当一个主播，真想不到现在做的事跟专业一点关系都没有。"

高见优在公司已有十年，真不知她当初为何会选择进这行，于是我问："选择做这行，是因为庞总吗？"

她笑了笑，点点头："是庞洪带我进这行的。"

我没有再多问下去，陪着她一直坐到下午四点，才离开武大。

那次是第一次也是唯一一次与高见优出差。在我意识里她总是会与公司共存，但其实不然。

不久后我离开了公司，接着没多久，高见优也离开公司了，没人告诉我她为什么离职，我也没去问，只是，后来，每次见到庞洪，自自然然地就会想起高见优。

几年后，我看到一部电影，里面有句很经典的台词："喜欢才会放肆，但爱就是节制。"当时，脑海里第一个闪过的就是高见优。以前我不懂，后来慢慢明白，她那么独立通透，应该一个人撑得很累。

二十三城记

圣城

若要前行，
就得离开你现在停留的地方。

泉州

此处古称佛国，

满街都是圣人。

圣城——泉州

从武汉回来两个星期后，我上班收到一个包裹，拆开一看，原来是我放在Ray家里的东西，他给我全寄回来了。想想电视里那些女的分手都要拖一箱子东西昂头走，我的东西他倒是一点也不留全都寄回来，而且……全部东西都装在一个鞋盒那么大的盒子里。他连我的东西也不愿意留着，我只觉心往下沉。

失恋最大的打击，就是挫败感，无可否认。我开始变得狭隘敏感，一丁点事情都觉得别人在针对我，这种状况持续了一个星期，连我自己也受不了自己。晚上一个人在窝里发霉的时候，妈妈给我打电话，说天气凉了要给自己加衣服，多炖点汤给自己进补一下，我登时就哭了，很想变回个小孩儿躲到母亲的怀里去，妈妈在电话那边吓着了，问我出了什么事，我哭着说没什么就是想家了，妈妈叹了口气，说在外面累了就回家吧，虽是小地方但家里好歹有口热饭吃。

晚上一个人在床上睡不着，想起久未联络的春晓，打开她博客看看，却是从云南离开后未更新过，她之前说过离开云南就跟卫唯回北京，想想人家小两口正热乎着，我这般样子跟她联系真是自讨没趣，于是无聊地一张张翻她的照片，看到最近她面色红想起几个月前她也如我此刻一般，现在不都过来了吗，看真的要迈出那一步，不可以老在同一个地方发霉。

想了一晚上，终于下决定，次日，回公司递交辞呈。高见优“这么突然？”

我说：“不突然，想了一个星期了。”

高见优问：“工作上遇到了什么问题吗？”我答：“不是。”她又“待遇问题吗？”我说：“当然不是，是我自己累了。”

高见优放下辞呈，看着我问：“感情问题？”我迎着她的目点点头。她笑了笑：“不是跟我们的男同事有关吧？”我很吃光，惊她为何这么问，忙说：“怎么可能！”高见优站起来去把办公室门关上，示意我坐下，说道：“杰西，你说辞职我蛮吃惊的，直觉得你是比较理性的人。”我坐下来，叹了口气：“其实我也不舍得公司，只是最近我真的很累，什么都看不进听不进，也写不出东西，这状态真的会影响到工作，我想，还是回家休息一段时间，缓一缓吧，我想家了。”她看着我，再问了一句：“决定了？”我答：“是啊。”她叹了口气：“好吧，回去好好休息一下。”

收拾东西的时候，同事们都过来问，我说是想回老家了。方普利坐在位子上很久，到我收拾好东西他才走过来，跟我说了句：“后会有期。”我挤出微笑，冲他点点头。

就这样，离开了工作三年的公司。

将房子退了租，将家具卖给二手店，买了张车票，回我阔别七年的老家。

车子开了十个小时，终于到了泉州城，这里离家也不过是一小时车程罢了，此刻我却还未想回家，小时候很少出门，节庆时期，爸爸才带我到泉州玩，但从小到大，从家里出去外面，或是从外面回到家乡，我竟一次也没去过开元寺。车子到泉州停下的时候是次日早上八点多，清晨的阳光从叶间的缝隙里照到我身上，我感到一种久违的美好。

下了车，背着行李，招了辆计程车载我去开元寺。我自小不信佛，但人心中无所依的时候，便感觉佛是跟你心灵上最接近的。

早上的开元寺，已经香火缭绕，很多大妈们趁早上来上头炷香，我站在大殿前方，看着那些虔诚祈祷的人们。心想每天都有那么多的人来烧香祈祷，佛能许的又有多少人呢？

佛安安静静地坐着，一言不发。

我不想买香，只是心存敬意地鞠了个躬，便一个人游览整个寺庙。

逛了一圈，天突然下起雨来。

那时已逛完东西两塔，穿过大殿，站在回廊前等雨。然后，一个穿着僧袍蓄发的大叔过来搭讪。他问：“姑娘，你要持票才能出去的哦。”我从兜里拿出票来给他看，看完又揣回兜里。大叔又道，“西塔那边传说压了一条三百多年的蛇精，你去看了没有？”我点点头，没有说话，继续看雨。大叔继续问，“你来拜佛的吗？”我说不是，他又猜，“来旅游？”我点点头，大叔道，“一个人不跟旅行团自己来寺庙又不拜佛，到底来干吗？”我道：“不可以吗？”大叔又问：“你信佛吗？”我摇摇头，他继续猜，“信基督？天主？上帝？安拉……”我摇摇头，大叔惊讶道，“你莫不是什么都不信，只信自己吧？”我不想答他的话，只是笑笑，大叔又道，“人没有信仰不好，什么恶事都能做出来，有信仰，有佛管着，做人做事不会离谱……”

我烦透了，不想让他说下去，于是说：“佛门清净地，叔你多言了。”

他听罢，斜着眼睛看我，嘴里“啧啧”地叹着：“不可教也，不可教也……”一边说着，转头看见又一个独身女子在一边躲雨，便又跑过去重新开始话题：“姑娘，是过来拜佛的吗……”

雨继续下。

门边有个保安一直在看着，待我挪过大门边躲雨的时候，他笑道：“这人不是庙里的，差不多天天都在这混，不用管他。”我也笑道：“我横竖瞅着他就不像个和尚。”隔了一会儿，他道：“你不信佛吗？”我道：“不是不信，是敬多于信。我敬神，但相信只有自己才能拯救自己。”

保安抽出一个打火机点上一根烟，缓缓道：“信自己好，来这里拜佛的人，大多都是不信自己，才会求神拜佛。信自己，踏

I实多了。”我问：“你也只信自己吗？”他吐出一口烟，道：“以前泉我也像来这里的大部分人一样，遇到难挨的时期，就会想一定是州哪方面不顺了，跑来烧香拜佛，这庙，我也给了不少香油钱了。”

雨渐渐变小，保安继续说：“我老婆说我得多沾佛气才会和顺，于是我就来这里当保安了。”我听后，便问：“那后来为什么又不信了？”保安道：“还不是看到每天那么多人紧绷着脸进来拜佛，他们一定有什么不顺的事情，没能力解决，于是就跑来烧香拜佛，有些人几乎天天来，有时还做场法事怎么的，但还是没见好转，还是得求佛。我坐在这里看着他们，就好像看到以前的自己，我信了那么久的佛，到头来那些难搞的事还是得自己一点一点地去处理好……于是就明白了。”

我叹笑，想起一句话：佛低眉垂目无言以对，芸芸众生又能如何？

才这么想着，雨就停了，我买票的时候从西门进，此时从正门出，出门时回头看了一眼正门的对联，上面写着：

“此处古称佛国，满街都是圣人。”

二十三城记

乡城

生活真可怕，
如果你不自救就会沉沦。

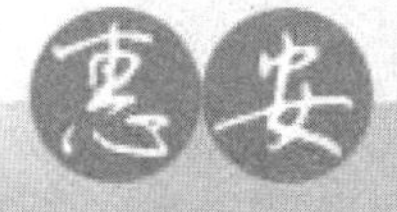

每次远行归来，都忽如大梦初醒。

乡城——惠安

回到惠安，空气里都弥漫着海水的咸味。

我坐船回来的时候，那些在岸边包着花头巾戴斗笠在捉蟹的婶母，有些认得我的，就招手大喊："小西，是小西回来了吧！"我也高兴地冲她们招手，但回来真有存在感。

惠安很小，从泉州越过崇武古城就来到这个截然不同的地方，这里七条村子只有几万人。有人说惠安女子是一个特殊的族群，我们从小就戴的斗笠花头巾，在我走出惠安的时候回过头来才发现是一种绝无仅有的风土特色，惠安女子也非常能干，小到挑水、补网，大到修路、驾车，甚至是驾驶拖拉机等原本应由男人从事的重活儿，均是女人们在干。这里的女子都以能干为荣，我六岁的时候妈妈就教我做饭烧菜，随着我日渐长大，家里大大小小的事务都是我和妈妈包了，爸爸呢？外出挣钱啊，妈妈说，爸爸挣钱很辛苦，我们女人就该承担所有的家务，她什么都教会我做，生怕我不会做家事不会伺候老公将来没人要，所以，我在走出惠安之前，是一个粗坯，手指很粗，由于常年在海边捡虾蟹，海风把我的皮肤吹得黝黑，去到广州读大学跟那些白嫩娇气的女同学好像两个世界的人似的，去到外面，才知道，能干不是本事，把自己活得漂亮讨人爱才是真本事。那时候，宿舍的姐妹们花了好多心思教我这个土包子打扮，于是我终于明白润肤的不只大宝这个牌子，也学会改善肤质要注意什么……花了几年时间，才算看上去脱胎换骨。

回到家，爸爸特高兴，帮我把床铺好，妈妈在宰鸡烧饭，做我爱吃的菜，邻里都凑到门口往里瞅，说：“小西回来啦，都认不出啦，那么漂亮，大学生就是不一样……”所以，我才说，回来很有存在感，乡亲们觉得你是个大学生很了不起，哪知道在广州，大学生比她们每天退潮以后拾捡的小螃蟹还要多。

一家人围在一起吃饭，爸爸高兴，拿出陈年的老酒来喝，我大口大口地吃着家里的菜，妈妈只在旁边说：“不急，慢慢吃，都是烧给你吃的。”他们不问我为什么要辞工，反倒是我自己说，在外面太久，想起家就觉得屈，所以就回来了。我妈还是那句：“回来也好，家里好歹有口热饭吃。”我听着只觉鼻子一酸，眼眶温热，想掉泪，但怕他们发觉，唯有大口大口地扒拉着饭。

晚上一个人躺在自己的床上，看着窗外皎洁的月光，心想我真的回来了，可是下一步该如何走呢？记得以前有部日剧里面说过：当做什么都不对的时候，也许是上帝给你的悠长假期。所以，安心感受，顺其自然吧。

在家里歇息了几天，我去小蚱探望同学美娟，我去到她家的时候，她正挺着大肚子在编帽子，见到我来，把她的大儿子打发到外面玩去，接我进屋坐下。

美娟和我是中学好友，我们以前一起从这里走路到崇武那边念中学，后来她没读大学直接就嫁人生子，嫁的人正是她一直喜欢的阿刚。高中那会儿，阿刚是班里长得最好看的，很惹女生喜欢，说实话我那时候也试过对他有点心动，但后来，快毕业的时候他被美娟拿下了。记得有一次美娟从厕所出来，脸色苍白，手里拿着个试纸（我后来才知道那是验孕的）慌慌张张地说："怎么办,有孩子了！"那会我才知道,她跟阿刚已经发展到这个程度。

高中毕业以后，他俩就结婚了，接着我到广州去读大学，在那边有了新的朋友新的环境，便很少回来，回来的时间也少，所以，阔别多年，如今再见，恍如隔世。

美娟如今过得跟我们小时候想的一样，成了个实实在在的惠安女，说真的，看到她儿子都快上小学了，又怀着一个，尘埃落定，已完成作为一个女人的使命，稳稳扎扎地过日子，真心羡慕。但她不这么想，老说我现在跟她们不是一个世界的人，说羡慕我单身快活，能在外面见识大千世界，我苦笑，想起自己马上就要27岁了，我的另一半在哪里还不知道，下一步该找什么工作更不知道，她安坐在这里，只看到我衣着光鲜，并不明白我内心的彷徨。时隔多年，我们之间隔着太多人和事，以前什么事都会跟她说，现在什么都不想说，也不知从何说起。于是我说："我们一起去南岭桥吃面线糊吧！"

惠安最好吃的面线糊在南岭桥，那是我们中学的时候常聚的地方，两碗面线糊，两瓶汽水，一切如旧，美娟说味道变了，但我吃不出变化。她说现在二轻那边比这家好吃，我说我就想来这里聚聚，找回以前的感觉。说了一些旧事后，美娟问我怎么又回来了，我说累了，想回来休息一下，她又问：有男朋友了吗？我说刚分手，她急了，说你都这年纪了还看不牢个男人，实在不行就把自己肚子弄大啊。我苦笑，说：“他不爱我了，我就是坨一块肉也是累赘，不像你。”美娟咬着吸管喝了几口汽水，沉默了片刻，接着说：“像我不好，像我有什么好的！”说完眼泪便流下来了。

她突然流眼泪，我慌了，赶紧掏出纸巾给她擦泪，她擦了泪说：“西，别看我有个儿子又坨了块肉的，我过得不像你想的那样！”她擦干眼泪，跟我吐了一大堆苦水，我才知道，阿刚一直在外面有女人。

“读书那会儿，除了我他还有个，只是后来我肚子大了，他才娶我。”美娟哭着说，“后来，儿子不到半岁，他又跟以前那个搭上了！那女人已经嫁人了，两人还牵牵扯扯不干不净的，我一直忍到儿子戒奶后，跟踪他几次，找到那女的住的地方，才找到她老公,我让她老公出面管教他老婆,后来,两人才算是断了！”

“那断了就没事了，不哭不哭。”我又抽出一张纸巾给她。

“我也以为断了就没事了……”美娟道，“隔了一年他又招惹别的女人，算命的说他就是桃花命，越老越惹桃花，你说我怎么办？”

“那你现在怎么办呢？”我问道。

美娟说：“我不管，他有多少桃花我就砍多少，他不知道，我厉害得很，顺藤摸瓜，很快就摸出那些女的底细，阿刚也没我辙！”说到捉奸，她居然还有点沾沾自喜。

我呼了口气，问她：“那你现在整天都做些什么？”

“煮饭、带孩子、上网，我有他QQ密码，他跟哪些女人聊过天我都查得一清二楚的，他经常看谁我都知道！”

我终于明白一句话，女人下半辈子过的是什么样的生活，完全取决于她嫁了个什么样的男人。还有就是，她有没有醒悟到自救。

美娟从一开始就习惯了阿刚的生命里除了她还有别的女人，她也习惯了阿刚对她说谎，所以，她的生活里全都是这个男人与他的那些破事儿，她纠缠在其中，从抗拒到慢慢习惯到从中找到乐子。

生活真可怕，如果你不会自救就会沉沦。

我于是对她说：“如果你将所有心思都花在监视男人，整天与他那些破事儿纠缠，长久下来，你除了会捉奸，还会什么？”

美娟咬着吸管看着我，懵然。我接着说：“你有没有想过你下半辈子可能不是这个样子，你有没有想过你完全可以靠自己不过这种生活。”

美娟道：“我想过，但想不到怎样改变。你能告诉我怎样做出改变吗？只要不离婚，只要还跟他一起生活。”

我叹了口气，忽然明白到我跟她所处境况不同，在她现在这个位置，也只有自强，从物质生活上去改变了。

那天送美娟回家后，她拉着我的手说："阿西，你都27了，这小地方的人会有很多闲话，你得赶紧找个婆家了，阿刚有个朋友，人还可以，你要我介绍吗？"

我摆摆手说不需要，她急了："都快30了还那么倔，别想得太高，将就将就就好。"我依然是摇摇头示意不需要，她不明白，我不希望自己如这里大部分的妇女，或是像她那样生活。

安于这个小地方，就永远在这里看着狭窄的天空。在这里，男人就是女人的天，即使他们不务正业，四处搞女人，欺负老婆，他们还是这里女人的天。

我并不想这样生活。但我回来没多久，我妈就安排我相亲。她什么都没问我，见我工也辞了一个人回来，当妈的想都想到了，她在此刻又像小时候给我安排所有事情一样，一心一意想要帮女儿安定终身大事。

介绍的是邻居秦婶，我回来那天就在门口瞅我的，秦婶说我是大学生，比这里一般女孩条件要好，给我相了个做生意的，人没什么就是看上去一副土豪相，一边嚼槟榔一边抽香烟，秦婶跟我妈在旁边说尽好话，我于是说："我想单独跟黄先生聊聊，你们可以先回去吗？"

秦婶一拍大腿："对对对，让他们自己聊聊，我们先回去去吧！"说着便拉扯着我妈走。

瞅着她俩走出大门，我喝了口茶，笑道：“黄先生，不好意思，我今天答应来，完全是为了我妈，我个人暂时不想谈恋爱。”

这位黄先生嚼着槟榔说：“我知道，从你刚才一进来到现在都像游魂似的就知道了，你放心，我不喜欢你这型的。”

他这么干脆，我放下心头大石：“那就好。”

回到家，我妈问我怎样，我说谈不来，她抛下一句：“早料到了！”我爸在旁边说：“秦婶认识的都是些什么人啊！那些土大款跟西西谈得来吗？”

晚上，我躺床上还没睡着，我妈进来跟我聊天，我说我在家歇几天，就会重新出去找工作，毕竟，我还是想在大城市安家。

妈妈叹了口气，说：“出去也好，只是，你不小了，得赶快把自己的终身大事办了，妈不逼你，你自己挑个中意的，最要紧是他得对你好！你过得好妈才安心，在外面一个人得照顾好自己，受委屈了就回来，爸妈都在，就算你以后嫁出去了这里还是你的家，懂吗？”

我鼻子酸了，起来抱着我妈：“妈你怎么大半夜的尽说这些把人搞哭……”我妈挺乐意这样被我抱着蹭着，我们母女都知道，很快就又要分开，如此亲密的时刻分分秒秒都非常宝贵。

二十三城记

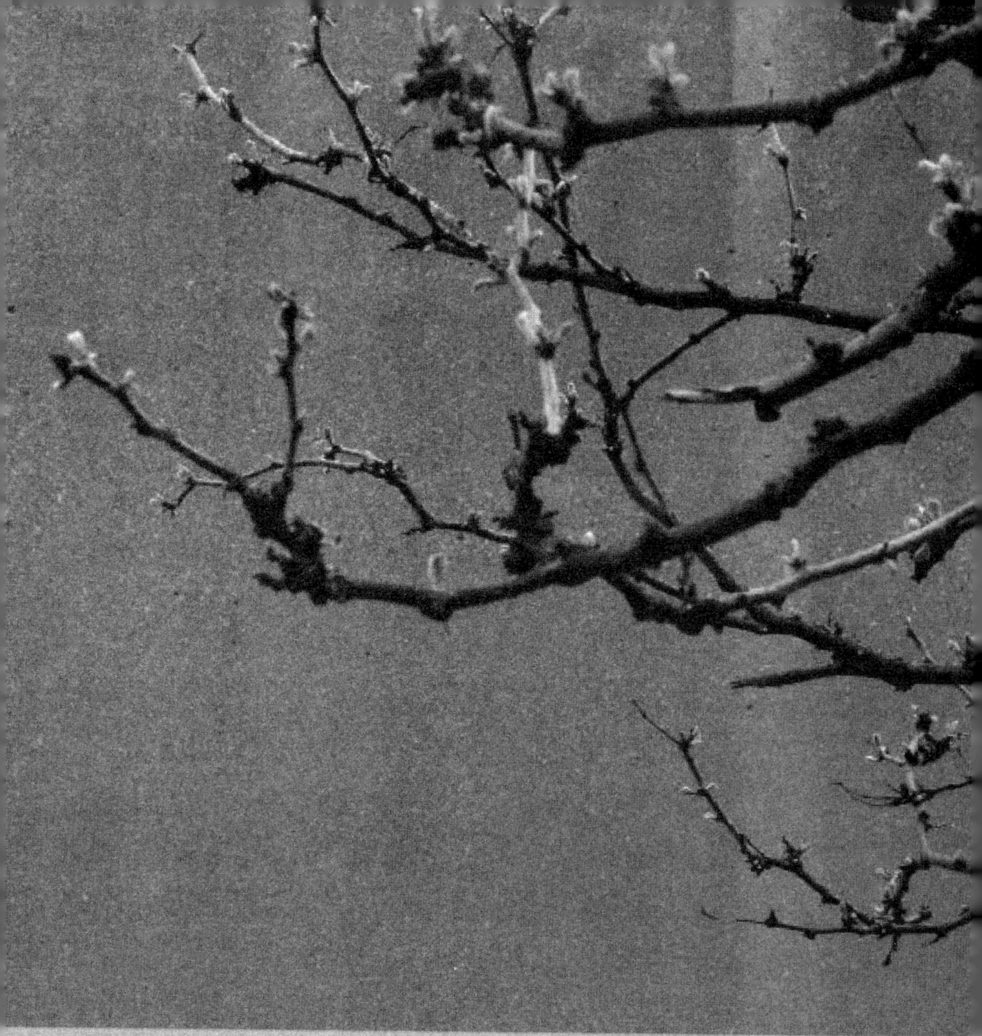

霾城

好女人都会幸福的，
这句我信，因为不信也得信。

北京

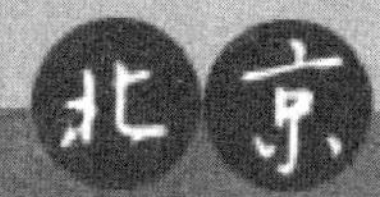

人与人之间看似漠远，却又有着千丝万缕的牵引。

霾城——北京

在没想好下一站在哪个城市工作之前，我暂不想回广州。于是给春晓打了个电话，说想过去北京看看。

“过来啊，”春晓在电话里道，“我现在白天做导游晚上泡后海，充实得很。”

我记得春晓说过，她是不喜欢泡吧的，而现在几乎每天晚上都在后海泡着，这大多都是为了卫唯。为自己喜欢的人改变，其实是很浪漫的，就像我以前也是不吃辣的，但也曾因为陪 Ray 吃他喜欢的辣，到现在不时都会馋辣。

跟 Ray 分开已有三个多月，不知道是不是因为环境的转换，跟在广州的时候比起来，现在想起他，心倒也没有那股钻心的痛了。这让我更加肯定环境的转换是真的会加快痊愈。

离惠安最近的机场就是泉州，但泉州飞北京实在太贵了，班次又不多，为了省银子，当然是选择班次多机票又便宜的厦门飞了。但就是那次，在厦门的高崎机场里，我看见了高见优。

高见优一身悠闲装，像是度假的样子，她身边还有个外国男人帮她推行李，我开始以为我认错人了，喊了两声“高小姐”，她没听见，我身边的人群倒是全看过来，看得我不好意思再喊，就这样看着她渐行渐远。

出于女人三八的天性，我发个信息问小可，小可说：“高老大在你走后没多久就辞职了。”

“知道为什么吗？”我问。

小可道：“我哪知道，不过他们都说是因为庞总。”

为了庞洪？

我以为无论发生什么事，高见优都会在庞洪身边支持他的，因为她说过，她跟庞洪就像两棵茁壮的树，相互照看着彼此，但不会交集。现在看来，这句话若不是她骗我，就是骗她自己的。

就这样想着，时间很快过去，到北京了。

十二月的北京，依然是阴霾满天，我到的那天，晚上下了一场初雪，天空澄清很多。

春晓到机场接我，然后，我们就去了后海。那晚，卫唯在后海酒吧驻唱。

这个酒吧的老板是卫唯的哥们儿，很多时候卫唯都在这里驻唱，卫唯在的时候，春晓也会在这里帮忙，她说：“你别小看这端酒水的，有时候几小时小费就上千。”

我酸道：“当然，你漂亮！”

她笑笑，递给我一瓶啤酒，说：“都说是哥们儿，在这里不帮忙说不过去，况且在北京生活不容易，能多赚点帮补一下也是好的。”

我说：“看来你是想好了要在这安家了。”

春晓道：“两个人相爱总是要朝着结婚的方向吧，不过，我还没带过他回家，不知道家里允许不？”

我说：“喏，还没见家长？”

春晓道：“我有点担心，你也知道我是独生女，爸妈也不知道给不给我嫁那么远。相爱容易，结婚不易，一提到结婚就是两个家庭的问题。还有，卫唯工作的问题……总之，问题很多。”

我道：“还有一个方法能秒杀一切问题的，就是怀孩子！”

春晓笑道：“没想到我们想的是一样的，我也这样想，怀了孩子就能解决很多问题了。”

此刻，卫唯正在台上唱着：“慢慢吹轻轻送……人生路你就走……就当我俩没有明天……就当我俩只剩眼前……”他年轻俊美，声音好听，春晓看他的时候一脸满足，看着他们，我想，最好的时光，大抵就是这样的吧。

我喝了一瓶啤酒，想上厕所，却在转角处碰见一个人，那人扳过我肩膀，道：“小程，竟然在这里见到你？”我回头一看，那人不是别人，是我的前老板庞洪。

我有点失笑，上午才碰见高见优，晚上就在这里碰见他，庞洪身边还站着个化烟熏妆的女人，此刻，而庞洪的手正搭在她腰上。庞洪向那烟熏女介绍说：“这是以前的同事，小程。”转头又跟我介绍，“这是腾信的劳小姐。”那劳小姐伸出涂着黑色指甲的手给我：“叫我 Jenny。”我突然像想起了什么，于是问她：“Jen-ny？ JennyLo？”“是啊！”她笑道。

我礼节性地握了一下她的手，又问：“劳小姐是在深圳工作的吗？”Jenny 笑道：“对啊，总部在深圳嘛。”我干笑，与她无法搭话，于是回过头来跟庞洪说：“好巧，今天早上在厦门见到高小姐，才知道她已经不在公司做了。”

庞洪顿了几秒，说道：“是啊，她一下子离开，我真不习惯。”我默然看着他，想在他脸上寻找点什么，然而他脸上更多的只是酒后的红晕，庞洪的眼神很迷离，我看不清。

高见优，或许你爱错人了。

那晚一直到凌晨一点，我才随春晓和卫唯回到他们的住处，深夜的北京，苍冷潮湿，台下的卫唯像个孩子，看见烤串的就嚷着要买，春晓很熟络地让老板烤几串羊墨丸，我说：“你什么时候喜欢吃这玩意？”卫唯说：“你不知道吗，羊墨丸烤起来一点骚味都没有，而且特好吃，你一定要试试！”我实在不敢试，春晓说：“没事，我以前也不敢吃，但吃过以后就喜欢了，得相信他！”她这样说，我便信她，咬了一口后，只觉软酥滑口，果真一点骚味都没有，便拿过来干掉一串，卫唯高兴地说：“没骗你吧，好，再来几串！”

回到住处，春晓说要跟我睡，卫唯就抱着枕头到大厅睡了，乖得很。倒是我怪不好意思的，春晓说：“没事，我没见你多久了呀，咱们得好好聊聊。”她这样说，我心里便打定不会待太久的想法。躺床上后，春晓问我，“出了什么事要辞职啊？”我苦笑：“情场职场双失意，也不好再待那个地方了。”

“你男朋友……”春晓欲问什么，我摆摆手，示意她不要问。她定睛看了我几秒，叹了口气，便问，“那你下一步打算去哪儿？”

是啊，下一步去哪儿？这个问题于我来说相当茫然，眼看四=下环境，北京一点也不比广州好混，可是我这样走来走去，为什么呢？春晓可以为一个卫唯留在北京，我又有什么理由让自己留在这打拼呢？就像躺了很久这床依旧无法温热一样，北京这个城市，于我一点归属感也没有。

记得以前看林少华的书，看到这么一段，他说：“每个人总会遇见自己一见钟情的城市。”他自从去过青岛后，回来就把家迁到那边，定居下来。我于是想，也许真会有个让自己一见到就想留在那里的城市吧，但此刻看来，不会是北京。

春晓请了两天假，带我到处去逛，她问我要不要去长城，我说不想去人挤人的地方，于是我们就去了明清一条街。春晓说：“我跑到北京来做导游，这么远，没想到上次带团到这里还是碰见故人。”

“碰见谁啦？”我问道。

她悄声道：“记不记得我以前跟你说过，在开平做导游的时候，遇见过一个台湾人。”

我耳朵嗡了一声像是耳鸣，再多问她一次：“你说清楚点，我没听清。”

“一个台湾人，叫Ray的！”春晓道，“没想到时隔五年，他还会认出我来。”

我心抽紧了一下，那一刻难以面对她，又不想被她发现，于是到旁边小卖店买了瓶酸奶，低头糊弄，顿几秒才说：“记起你说的那回事了，是什么时候遇见他的？”

春晓想了想，说：“大概是四个月前吧，那时候是夏天。”

我心里在盘算着：四个月……那是在我跟Ray分手之前的事，在我去哈尔滨之前，听他提过去北京出差的，当时我没在意，也真心不会想到，他们会在北京遇上。

春晓又道：“我那天正在广和楼下面等客人，突然有人跑上来问我是不是司徒春晓，我当时就呆住了，真没想到在这里还遇上他。”

“大概是……缘分吧，”我苦笑，“接着呢，有没有下文？”

春晓道：“我现在心里只有卫唯一人，又怎会有其他人的位置呢。”

我顿了顿，说：“记得你说以前对Ray也心动过，那时候你不是还有方普利吗？”

春晓说：“那不同，那时候方普利还没有确定跟我在一起，但如今，我和卫唯是实实在在地在一起，更何况，卫唯跟方普利，不一样。”

我看着她，心里五味杂陈，这件事很不想听她说下去，但又想清楚地知道事实，现在回想起来，当时真是难为自己了。

“那后来怎样了？”我继续问，“他还有追你吗？”

春晓用吸管使力吸了一口酸奶，点点头，说：“他问我结婚没有，我说还没，但有男朋友，他说这都没什么，觉得自己还有机会。”

“他觉得自己还有机会，这么自信？”我冷哼了一声。春晓在旁并没发觉，仍自顾自地说：“他是很有自信的。”

说真的，那一刻我真不想面对春晓，由始至终，我都未曾向她提及 Ray 跟我的事，刚开始跟 Ray 交往的时候，我也不知道他还有跟春晓的这一段插曲，只是有一次，我在他电脑的一个文件夹里发现春晓的照片，当时，我大吃一惊，继而问他：“这女孩谁呀？”

Ray 说：“以前去开平玩，这女孩是带我的导游。你知道开平吗？那里有个赤坎古镇很漂亮。”

我说：“知道，方普利不就是那里人吗！”

Ray 说：“对哦，差点忘了。”

不知道那时他知不知道，春晓曾是方普利的女朋友，这件事我没跟 Ray 提起过，后来，我试问过春晓，她倒是前前后后都告诉我了，同样地，我也没跟她提及过我跟 Ray 交往的事。好友之间再亲密，有很多事还是不能道破。即使一个人憋在心里，真的难受。

有时候就是这样：世界再大，时间再长，有缘的人还是会遇上，人与人之间看似漠远，彼此之间却又有着千丝万缕的牵引。

我后来想，不管短信里的 JennyL 是谁，从后面发生的事情来看，大概重遇春晓，才是 Ray 跟我分手的最主要目的。只是恰好那时，方普利的短信又提供了机会……我在床上翻来覆去想了一夜，在第一缕阳光照进窗子的时候想到，其实想那么多实在无用，不论 Ray 遇见谁，或是用什么方法，他其实只有一个目的，就是跟我分手，这说明，他真的不爱我，而我在这里苦思冥想，又有何用呢？为一个不爱自己的人。

春晓睡在我身旁，像个小女孩一样依偎我，我看着她，觉得自己在这件事情上做得最对的，就是始终对春晓保持缄默，只有这样才不会把我们单纯的关系复杂化。

次日，我让春晓帮我订飞去云南的机票，春晓咕哝了句："才见人家几天又要走了，现在我在北京，要见个好友都不容易。"

我说："我知道，可你已经找到卫唯了，但我还有我自己的路要走啊，没有找到自己的路，走到哪儿都没有归属感。"

春晓点点头："也是，那我便祝你尽快找到另一半，和尽快找到自己的路！"

我看着她，突然张手拥抱她，把头埋在她脖子里，舒了口气，放松一下我此刻的面部表情。春晓也紧紧抱着我，我知道她不舍得，心里便酸酸的，于是拍拍她的背说："你呀，要跟卫唯好好的，知道吗？"

她抬起头，嗔道："知道了，人家不都在努力造人吗。"

我扑哧笑了，刮了刮她鼻子："我们两个，都要好好的。"

春晓点头："嗯，好女人都会幸福的！"

好女人都会幸福的，这句我信，因为不信也得信。

春城

本来嘛，谈恋爱就是
求仁得仁求智得智求犯贱得人渣的过程。

昆明

你知道吗？这个春花烂漫的城市，很多情。

春城——昆明

离开北京，一个人坐火车去往昆明，没工作以后最奢侈的就是时间，于是选择坐 38 小时的火车，我要有足够的时间给自己发呆，来思考接下来自己该何处安放。

来到昆明已是第三天的午后，阳光暖洒洒地照着，我一身虚汗，迎着阳光，只觉满眼光明，但看不见前方。坐计程车前往预订的旅馆，收音机里播着江蕙的《繁华拢是梦》，听着那句：“人若是疼着一个无心的人，当作是注定红尘一场恋梦……”不禁轻笑，从而因为这首歌对这个城市有了特别的感觉，本来嘛，谈恋爱就是求仁得仁求智得智求犯贱得人渣的过程。二十年前闽南歌都有这种境界了，我们又何以致苦。

车子经过一座桥的时候，司机跟我说这座桥叫李米桥，因为拍了《李米的猜想》之后，很多男女因为想不开都跑来这里站桥。他从车镜里瞄了我一眼，说：“知道吗？这个城市很多情。”

我淡笑，不予回答。

到旅馆后，天色已晚，站在错综复杂的巷口找不到门牌，只得致电旅馆老板，不一会儿，就有个十多岁的少年出来接我，一句话不说从我手里拎过行李，我便跟着他走，原来转个弯就到了，我在网上订的这个小旅馆，只图它旺中带静，老板林先生是个戴

眼镜的中年男人，帮我拎行李的就是他儿子小曦，见我一个人入住，林先生很热情地问我晚饭要不要跟他们一起吃，我想了想，便欣然接受。

本以为晚饭除了我还有其他旅客，谁知就我跟他们父子一起吃，跟一对陌生父子坐在人家饭厅吃晚餐，感觉怪怪的，林先生话很多，说他是江西人，喜欢昆明，就过来这边开旅馆，他的妻子因为不习惯这边，最后还是跟他离婚跑回去了，儿子跟着他，两父子一起守着这旅馆。我不大习惯刚认识个人就要知道他那么多的故事，但碍于礼貌，只得不时点头示意自己在听，独是旁边的这个十四岁少年，从头到尾一句话也不说，跟他父亲的滔滔不绝形成对比。

接下来的几天，白天一个人坐公交车四处逛，坐昆明的公交车很方便也很舒服，翠湖、云大、花鸟市场、大观公园，喜欢哪站就在哪站下，十分轻松。一直玩到晚上才回旅馆洗澡洗衣服，由于旅馆是家庭式的，我每天早上都跟其他旅客一样把衣服晾在楼顶天台,但每晚回到房间都发现自己的衣服已经收好放在床上，我知道是老板收的，因为只有他有房间钥匙，虽是这样做热情体贴，但每天都到租出去的客人房间里毕竟不大好，虽然是送衣服，这毕竟是女孩子房间，而且衣服有些还是我的内衣。做生意热情可以谅解，但我不相信人到中年的林先生会不懂这些忌讳。

离开昆明的前一天，我让老板帮我订去大理的车票，林先生迟疑了片刻，说：“这么快就要走了？”

我笑道："在昆明都待一个星期了，接着要去大理呢。"

林先生于是问："你不喜欢昆明吗？"

我便说："喜欢啊，昆明很暖很舒服，所以才待这么久，你们家旅馆服务很好，谢谢您这几天的照顾……"

林先生继续问："那……你还会再来吗？"

我不知如何作答，只得道："这地方这么舒服，一定还会再来的。"见他还有想说下去的意思，我接着说，"我还得出去，谢谢您帮我订车票，我回来的时候再取。"便跑了出去。

第二天就要去大理了，我不想走太远，便到附近的滨海公园逛逛，一月的昆明，暖风拂面，午后在滨海公园闲逛，听着耳机里的Jazz，轻松自然。许许多多的海鸥在江面上飞来飞去，它们不怕人，因为长期被人们喂养，更是会跟人讨吃的，十分可爱，江边有很多少年在骑单车，其中一辆自行车在我前面停了下来，我抬头一看，正是林先生的儿子小曦。

小曦朝车后座努努嘴，说："我去江边骑车，要坐上来吗？"

"好啊。"我点点头，便坐上了他的车后座。

江边很舒服，阳光照得水面波光粼粼，许许多多的海鸥在岸边飞翔，少年把车停在江边，一屁股坐下来歇息，那些海鸥飞落在他身边，还有只停在他肩膀上。我在他旁边坐下来，笑道："你经常来这里吗？它们好像跟你很熟耶！"小曦点点头，自顾自地逗着海鸥，片刻后，他说："程姐姐，明儿就走了吗？"

"是的。"我回答道。

小曦道："我爸又一次失望了。"

我笑问："为什么啊？"

小曦道："我爸对好多单身女住客都抱有想法，他还跟我说过要在这儿给我找一个后妈。"

对大人来说难以启齿的事，到他嘴里说出来却是率真可爱。这是个天不怕地不怕的年纪，我挺怕林先生这类过分热情的人，但对他儿子倒是没有戒心，大概是因为他还是个孩子吧。

跟少年在江边坐着，这种毫无戒备的状态很轻松，我见他挺直的鼻子被阳光镀了一层金边，很好看，想起次日就要离开这个城市了，我于是问旁边的小卖部借来纸笔，跟他说："姐姐给你画个像，算个留念吧！"

"好啊！"他很高兴，我于是就给他画了，我画技不算好，只得漫画化一点，可爱一点，尽管这样，小曦拿到画还是很开心，嚷着："太好看了！太好看了，为了答谢你，我请你吃雪糕。"

"好啊。"我被他的开心感染着，快乐着他的快乐，少年从小卖部买来两根雪糕，于是我们就在江边一边吹着风一边吃雪糕。吃着吃着，小曦突然盯着我的脸看，我被他看得挺不自然的，以为自己脸上沾了雪糕，便用手擦擦嘴角。谁知少年说："姐姐，你嘴唇真好看 ......"

"是吗？"我下意识地擦擦嘴，说，"自小到大我都觉得自己嘴大唇厚，不够樱桃呢。"

"不，我觉得这样非常好看的，"少年道，"我的初吻若能亲上姐姐这样的嘴唇就好了……"

他这样直白地说出来，我竟有点莫名的兴奋，随后又化为失落，可惜啊，他太小了。小曦坐在我旁边，还盯着我的脸看，看得我不好意思，他这样看了片刻，我便擦擦嘴，然后对他说："你先闭上眼。"他听罢，便乖乖地合上眼，我于是抬起头，在他年轻的额头上印了个吻。少年随后睁开眼睛，表情甚是复杂，我也不知道自己当时表情生硬不，只得道："风大了，我们回去吧。"

晚上一个人躲在房间里，没有下楼吃饭，也没有到外面逛街，因为觉得下楼看见他们父子两人都会觉得尴尬，于是守着一大堆零食，看着夜城璀璨的灯火，听着五月天的《温柔》，发现昆明的晚风真的很温柔。

昆明叫春城，没错，这真是一个多情的城市。

二十三城记

靛城

那时候就像中了邪一样，
就算全世界说他不好，
也会觉得全世界在误解他。

大理

阿靛的名字取得好，跟这里一样，是一抹通透的蓝。

靛城——大理

如果要说对大理初见的感觉，就是一个字：蓝。

天是纯蓝的，洱海是透蓝的，从双廊到喜洲，一路只见水天一色，蓝得叫人一下子找不到别的颜色。

我在这个蓝色的城里，认识了个叫阿靛的姑娘。

阿靛说这个名字是她爷爷改的，爷爷说她是洱海的儿女，她二十岁左右，长得很结实，大理城常年的紫外线将她的皮肤晒得黝黑，她初中毕业就没读书了，在自家的店里帮忙卖酥粑粑，第一次见到阿靛，我正在她粑粑店旁边的小摊上吃乳扇，刚好有综艺节目采访她，主持人问："请说说你人生里遇到过的温暖的事吧？"阿靛安然地回答："生在大理喜洲，成为爸爸妈妈的孩子，遇见今生我遇见的所有人。"

阿靛家里除了卖粑粑，还开小卖店，我在喜洲落脚后，在客栈旁边的小卖店里看到有自行车出租，有个少女正在为单车打气，那个就是阿靛。

我租了她家的自行车，也就认识了阿靛。她话不多，干活儿很勤快，喜欢看书，做人很踏实，很多像她这个年纪的女孩子都会有些公主梦，但阿靛没有，不是没有，套用她的话来说就是没有这个条件。阿靛说她也会像她母亲一样在这个小城长大到一定年龄的时候就嫁人，安安稳稳地过一辈子。我看着憨纯的她，想到了年少时的自己，大概年少时我们都会以为放眼望去一辈子都是自己所能看到的，但生命有时不然。我于是跟阿靛说：“我们的人生还会很长，要趁年轻努力让自己变成自己想要的模样啊。”阿靛听了后说：“妈妈说，女孩子还是踏踏实实的，不要想得太多才会幸福。”

阿靛的这句话在我回到客栈睡觉之前都在想，想自己一路走来所发生的事，在反省自己是不是也是一个想得太多的女子。其实我有点羡慕阿靛的生活状态：在大理这个安逸的城里，悠然地生活着，遇见什么事都顺应天意，不去多想，踏踏实实。

我以为阿靛会一直保持这样的状态直到她结婚生子，但是几天后她就遇上了情况。

我来到喜洲的第二天，对面房间住进一对成都的小情侣，冈U开始也没多注意，第三天我要去骑车，他们问我是不是去古城，约我一起骑车，才认识他们。男的叫陈哲，女的叫Gigi我们三人一路骑车到古城，路上也就一同吃喝，陈哲对Gg很贴心，吃饭的时候都要把鱼剔了骨头才给她吃，Gigi对他说：“谢谢。”我一路觉得他们是一对恋人，虽然这句“谢谢”有点客气，可是两人的眼神是差不了的。

晚上回到客栈，Gigi跟我说：“今晚我到你房间睡好吗？”

我诧异：“你们不是一对吗？为什么要和我一起睡？”

Gigi道：“我刚问过老板，今天房间满了，不然我真不想打扰你的。”

我慌忙道："我不是这个意思，你随时都可来我房间睡，只是……我有点奇怪。"

Gigi 道："我们回到房间再说。"

可能白天玩了一整天，晚上我们都久久未能入睡，Gigi 跟我说了她和陈哲的事，原来她和陈哲已经交往一年多，原本过了半年要结婚的，但她却在一个月前跟陈哲提出分手，双方家长都来劝她，说年纪不小了不要随便就分手，问她原因她就说合不来。说到这里，Gigi 苦笑道："当他的父母来问我原因的时候，我又怎会说，他儿子太会折腾，我身体实在吃不消才分手的呢。"

我一时语塞，不知如何把话接下去，只得道："他真那么会折腾吗？"

Gigi 道："还有一点，刚开始的时候，他是有工作的，后来因为跟老板吵架辞了工作，说先歇歇再去跟人合伙做生意，但一歇就是一年，我每天下班回来就看到他在那儿打游戏，我不高兴他没有上进心，他就抓我到床上折腾，大概他以为女人生气都要用那个方法来哄吧，但这样只会让我恶心好不好！"

我无言以对，这男人的确叫人心塞。

Gigi 看着我，说："亲，你明白那种感受吗？两个人缺少精神上的交流，一见面就上床，没有精神就会有种动物一样的感觉，而且他每次想来就来，从没问过我意见，久而久之我越来越害怕跟他……"

看着她，我点点头，道："明白。"

Gigi 又说："我跟他分手，他哭着说他会改过，会尊重我感受，他妈妈说让我们去旅游散散心，于是我们就来到大理，昨儿晚上，我半夜睡着的时候，他又把我折腾醒，折腾到他满意为止，我实在怕了，只能求你今晚收留我了。”

我听后，说：“来我房间睡不是问题，只是你终究不能逃避，很多问题你要实实切切地解决。”

Gigi 道：“我明白的，亲，我明儿就跟他说清楚。”

那晚我们聊到半夜两点多，后来我就睡着了，迷糊中好像知道她起来弄东西，然后出门去，我也没管，一觉睡到太阳照屁股，直到陈哲来拍门，我才醒过来。

陈哲很急促地拍着我房间门，我匆匆换好衣服开门，只见他脸上一阵红一阵白，喘着气问：“Gigi 呢？”

我回头看看房间，好像只剩下我的行李，有点茫然：“我迷迷糊糊地好像听到她出去了，以为她去吃早餐……”

“混蛋！”陈哲一拳打在门上，发出一声巨响，把我吓了一跳。他生气地看着我，可能转念又想到与我无关，便又跑了下楼去。

那天，客栈老板全家都在帮他找 Gigi，找到晚上都没找到，我晚上才在房间发现烟灰缸压住一张纸条，上面写着“亲，帮我转告他：我走了，不要找我，他也找不到我，我们就此别过，不拖不欠。”

我下楼找到陈哲，他正在客栈旁边的小酒吧里喝酒，我把 Gigi 留下的纸条给他，他当场就把手里的酒给摔了，也许玻璃割着了他，手掌淌着血，我不敢靠近，直到他说：“不好意思，吓着你了，我们的事，让大家费心了。”

我劝了他一句“保重，别喝太多酒”就回客栈了。心直跳，他确实把我吓着了。

Gigi走后，陈哲晚上在小酒吧里面喝酒，白天就拿着酒瓶在洱海边坐着，一个人发呆，我们几个住客和老板一家人都去劝过他，他就是不搭理人。

有一天，天气晴转阴，继而下起雨来，老板娘拿着伞过去遮住他让他回来屋里，他就是不肯，还吼了老板娘一声，老板娘退回来，叹息着："真是个情种啊，那女的也狠得了心。"

倒是老板心儿明清，轻笑道："只会自暴自弃的男人，不要也罢。"

老板是过来人，自然明白，但阿靛就不这么理解了。

下雨的那个中午，阿靛去送货回来，刚好见到陈哲在海边淋雨，阿靛过去拿自己的伞遮住他，说："大哥你没事吧，不要在这里淋雨，你住哪儿我送你回去吧！"

说也奇怪，狂躁了几天的陈哲，此刻回头见到阿靛，竟像个小孩一样哭了起来，他扯着阿靛的衣服，死死地抱着她，号啕大哭。阿靛后来说，那次是她第一次被男人这样抱着，不知怎的，看他哭得那么伤心，忽然就心生好感。

那天以后，陈哲不再买醉，次日老板娘说她一大早就见到陈哲跟阿靛划船去了。作为邻居，她劝说过阿靛，说这样的男人不靠谱，但阿靛笑嘻嘻的，什么也没说。

很久之后阿靛说："那时候不知道为什么，就像中邪了一样，就算全世界说他不好，也会觉得全世界在误解他。"

爱情刚开始的时候，都是盲目的。

几天后的一天清晨，我不知怎么醒得那么早，依稀听到我的门有响声，我从窗户边瞄了一眼，好像是阿靛，于是便打开门，果然是她，穿着一身藕色的裙子，正靠在我的房门上哭泣。

阿靛见我开门，哭着叫我："程姐姐……"

我忙把她扶起来，带进房间里，把门关上，问她："你怎么啦？"

阿靛抬起泪眼，说："我在他房间门口等了一晚上他都没有回来，他是不是已经走了？"

"你说陈哲？他不在房间吗？"我问，阿靛点点头。我于是便过去扭门把手，门是锁上的，拍门没人回应，便下楼去跟客栈老板夫妇说这事，老板夫妇拿着钥匙上来打开门一看，房间乱七八糟，但行李全都不在了。

老板摇摇头："多半是走了……"

"妈的！"老板娘吼道，"还欠我四天房费没有给！"

他们一口一搭地骂着陈哲，阿靛便在一旁默默流泪。

当天晚上，阿靛跟我说："程姐姐，我忽然就不是处女了，自己也没回过神来……"

“跟陈哲？”我大吃一惊。大

阿靛含泪点点头：“那天我流了很多血，他很吃惊，只怕他理

突然消失也就是因为这个……”

我心疼眼前这个女孩，但又不想说太多话，便伸手搂着她肩膀，实实地拥抱着她。

“爱情好苦，难怪妈妈说不要想太多才幸福。”阿靛道。

我拍拍她肩膀，跟她说：“爱情是很苦的，妹子，但我们那么长的一生里若是没有尝过爱情的苦，日后又怎能辨识什么是甜呢？”

阿靛又说：“我的朋友们都说我把第一次给了个人渣，很不值……”

我说：“每一次开始的时候，我们又怎么会知道结果值不值得呢，这都是事过后才说的话，但事过后再去追究值不值得实在无意义，不管他人好不好，那你跟他在一起总有过快乐的时光吧，有过那些快乐的时光就好，不要再花精神去想这件事了……”

阿靛又问：“姐姐，你说他还会不会回来？”

我反问她：“你说呢？”

她想了片刻，苦笑道：“大概不会了……”

我没有接她的话，只是用力再抱抱她。

世事就是这样，往往不经意的人也会起波澜，Gigi 与陈哲这一对恋人来到这小城，又一前一后地消失，只惹出阿靛的一段

悲欢。

我离开大理后，跟阿靛还一直保持联系，大概事过两年多后，阿靛结婚了，她后来给我发了张照片，大着肚子的她正靠在她丈夫肩上，她丈夫搂着她，块头跟她一样大，两人挺有夫妻

艳城

天天牵着你的手讨好你，
逢年过节买礼物给你的也许不是爱；
那些各自珍重各自生活，
心里有你但不去打扰的，也许不是不爱。

丽江

然而痛苦这样东西，你惧怕它，它便吞没你。

艳城——丽江

此次行程，期望值最高的地方也就是丽江吧。

来到丽江的时候，已过惊蛰，看到路边的山峦半红半绿，红的山花绿的树，十分好看，一路上，都看见古色纳西建筑夹在绿树花海中，空气中弥漫着一股甜味。

来到古城的大水车旁，客栈派来接的人已经在那里候着了，这让我心里一暖。因为在昆明住过林家父子的旅馆，所以在订丽江客栈的时候我选了个女人开的客栈，老板娘叫南柳，看照片就觉得十分像韦唯，没想到真人更是风情，初见南柳，印象很好，她见我一个独身女子，事事都打理妥当，晚上她问我要不要跟她一起去一个叫作马帮印象的地方，我应允了。

马帮印象是一个酒吧，在很不热闹的巷子里，没招牌，去那儿的朋友却络绎不绝。老板铁城喜欢玩哈雷，开酒吧但自己不吃肉不喝酒。一个火塘，一圈朋友，烤土豆喝青梅酒，他的陕北调子藏族民歌，打动过许多人。我说："这是某种理想的生活方式。"南柳却笑道："此乃官府缉拿要犯之聚集地。"

南柳比我大四岁，一头齐腰长发像是招魂幡，惹人怜爱，她人很率性，几碗酒下肚，话就多了。她说自己原是江西人，与前夫离婚后一个人来云南旅游，去了泸沽湖，在那里认识了扎西，本来以为是一夜之欢，没什么，只是来到丽江的时候扎西一路追来，还为了她跟别人打架，她便陷了进去，爱得死去活来的，甚至还把家乡的工作辞掉来到这里开客栈。

“你知道扎西吗？”南柳笑道，“泸沽湖有名的走婚王子，我后来碰见好些扎西的情人，才知道自己中毒已深，有人说他走了差不多两千个女人，每天都是晚上接客，白天送客，谈恋爱已经是他的职业了。”

她说的时候我没听懂，回去百度才知道走婚是摩梭人的一种婚礼习俗，如今成了泸沽湖那边的人用来玩一夜情的名号。

我于是问：“那你知道后，还爱扎西吗？”

她又喝了一碗酒，用手背擦擦嘴，说：“为什么不爱，爱啊，爱了就爱了，我开了店在这里，他有空就来找我，每次都跟我说一样的话，然后第二天一早又走，我已经习惯了，也不揭穿，他觉得快乐，我也觉得快乐就好。”

我脑筋有点转不过来，因为在我的世界里，爱很狭隘，根本容不下第三个人，更何况那么多人。

南柳大概喝多了，她眯缝着眼睛看我，笑着说：“我知道你想什么，你在想，这样也算是爱吗？是不是？”

我点点头，南柳哈哈大笑：“等你再过几年就知道，或是在这个城里待久一点你就知道，天天牵着你的手讨好你，逢年过节买礼物给你的也许不是爱，那些各自珍重各自生活，心里有你但不去打扰的，也许不是不爱。”

她说得有点乱，我听得很晕，但又很想笑，于是摸摸自己的脸，有点发烫，也许酒力开始上头了。

记得有首广东歌唱过：“潇潇洒洒不是爱吗……生生死死才算爱吗……疯疯癫癫才会爱得漂亮吗……”大概就是这意思，爱是折磨人的东西，让人心碎却又不舍得放弃，任其随意生长，自己在心里给自己理由，这大概就是我对南柳这种爱情的理解吧。

看来丽江真是个艳遇之城，晚上走在石板路上，都能听得到墙内的欢叫声，有人说这里是酝酿爱情的地方，也有人说这里是杀死爱情的地方，而这里还有一个很出名的地方，就是殉情谷。

以前在《中国地理杂志》里看过一篇行者游记，那是讲述丽江殉情谷的传说与行记，那时，孙俪还没出道，当然也还未有后来火爆的《一米阳光》。对于那篇文的内容，我还记得很清楚，笔者写道："殉情谷曾经有很多男女在此殉情，他们不一定是情侣，大多都是上山砍柴的纳西族男女，据亲身经历过的当地青年说，有时候，他们会在山间看到一男一女，男的骑着红鹿，女的骑着白虎，后面跟着一群衣着光鲜的青年男女，在山涧踩着云彩，载歌载舞。上山砍柴的青年男女有很多看到这一幕都为之动容，很想加入他们，于是，回家偷偷地准备靓丽的衣服和首饰，不敢与家人道别，然后打扮一番，带上酒肉，在山上大吃大喝，载歌载舞三天，然后就从崖上跳下去……"此后，殉情谷的名字便传了开来。

说来可笑，我来丽江，真的就是为了看看那个殉情谷，并不是因为有什么想不开，而是想感知一下它是否真的有那种力量。于是次日，便雇了个马夫，骑上两匹马，让他带我去走那个久违了的殉情谷，也就是云杉坪。早春三月，骑着马在山间走，漫山遍野的格桑花，一路上宁静的甜风吹来，云杉坪非常安宁，感觉不到一丝的悲凉，进入林荫处，风小了，辨不清方向的林子让人有一种怯意，说到底，心里还是有点毛毛的，但终归是亲身走了这地方一趟，了却那种好奇之心。马夫说：传说中的那对骑着红鹿白虎的男女是当年一对遭家长反对的情侣，他们来此殉情后，化为风神，在玉龙雪山脚下营造一个幻境，把失意的男女带进他们的世界，自20世纪50年代以来，这里便有七十多对情侣殉情过。

纳西人口中的传说很美丽，他们眼中没有死亡和恐惧，只有美好和飞升，但是，传说毕竟与现实不同，要爱得多痛苦才会这么决绝地放弃自己的生命？还是，在痛苦面前，这些青年男女都选择逃避？然而痛苦这样东西，你惧怕它，它便吞没你。

离开殉情谷，我们便策马翻山，想走原始的山路到束河去，我雇的马夫姓和，他的马也一样姓和，他说看我第一次骑马，便给了他唯一的母马让我骑，他说这匹小母马叫和丽，十分懂人性，我骑在上面喊着和丽的名字，它还懂得转头看我，十分乖巧。

路过古道，刚碰到一群驮着货物的马经过，和大叔带我退到一边，让这些马经过，这些马见了和丽都非常兴奋，赶马人抽了它们几鞭子才肯乖乖地走，马群过后，我们才走上山路，后面又来了三个骑马的男生，其中一个穿红衣服的男生骑的马突然躁动起来，原来又是一匹发情的公马，只见那马嘶叫一声，跑到我的马后面，突然昂起身子袭击和丽，它这一发情不打紧，倒是把骑在它背上的男生翻倒在地上，摔了个狗吃屎。

我们都赶紧下马把他扶起来，没想到他摔得一脸泥还笑着说："以后骑马铁定要挑性别，母马发情不打紧，公马发情伤不起。"

众人哈哈大笑，把他扶上马，和大叔问他们要去哪儿，他们说去束河，便邀他们与我们同行，为了防止马儿发情，和大叔便走在前面带路，他们三个男生走在前面，我骑着和丽走在最后面，路上多了几个年轻人，气氛也热烈起来，我们一边翻山一边聊天，那匹发情的公马驮着红衣服的男生走在我前面。他说他叫马睿，前面两个都是他的同事，一个叫周禹州，一个叫邓均杭，他们三个没有雇马夫，就想自个儿来走茶马古道，没想到半路迷路了，兜了一个圈才遇见我们。和大叔在前面说，这里的山路多分岔，很容易迷路，之前也有个女大学生一个人跑来找茶马古道，连人带马都消失了，发动许多人都找不回来。

丽江到束河，大概也就三十公里，坐车半小时左右到，但翻山路却走了六小时，路上经过一些庙宇和纳西村落，自然环境十分美丽，这一路我们走得非常愉快，转眼天色暗下来，和大叔时间掌握得刚刚好，日落之前，我们就到达了灯火通明的束河古镇。

二十三城记

谧城

有些人因误会而分手，
有些人却因误会而在一起，
这个世界是相对的。

柬河

我不时地想起，遥远的地方，还有一个我，此刻，她正四顾茫然，憧憬着这里的我。

谧城——束河

那夜到了束河，已经是晚上八点，我们五个人去吃了顿大盘鸡，就告别了和大叔，我记得那天真是累坏了，匆匆找了家客栈入住，便躺床上一觉睡到第二天正午。

到第二天醒来，看到阳光透过玻璃窗和纱帘柔和地落在房间，店家的肥猫正蹲在窗前萌萌地看着我，瞬觉美好。翻了个身，才觉全身酸痛，是昨儿骑了一整天马的缘故。

束河给我的感觉比丽江好很多，丽江人太多，束河相对静谧，中午起来，四处拍拍照，随便在哪个小店坐上喝杯东西看看书都能打发一天。在这座古老的茶马小镇里，时间会变得非常慢。我住的客栈在烟柳巷，是个相对安静的地方，掌柜是一对年轻夫妇，丈夫是摩梭人，怀孕的妻子是一个重庆美女，午后回到客栈，掌柜正在那儿处理从山上刨来的松茸，为妻子准备晚饭，妻子则悠闲地在那儿泡茶喝，见我回来，招呼我过去喝茶，她说自己本来也是个游客，来这里旅游的时候遇见她的丈夫，便放下重庆那边的白领生活，来到这里跟她丈夫开个店过日子。

“这里的日子非常慢，跟我以前的生活截然不同，在这里，过一天像赚一天一样。”她笑道。

我说：“那是因为你在这里找到幸福了。”

她点点头，说：“所以我都会鼓励你们这些单身女性，多出去走走，说不定幸福就在转角啊。”

我喝了口茶，道：“说说你和你丈夫相遇相知的故事吧，当初你是怎么有勇气留下来的？”

老板娘指指她的丈夫，说：“他啊，之前是我的导游，有次我们到山上去，我不慎跌入猎兽的洞，洞高三米，无法上去，他说去找人救我，一去就一天一夜不见回来，那一天一夜我多难熬啊，万念俱灰，觉得他不会来救我了，扔我一个人死在那儿……”她顿了顿，喝了口茶，继续说，“后来我越想越不甘心，就一点点地往上爬，跌下来，再往上爬，后来终于被我爬上来了。”

她淡淡地说着这事，面带微笑，但我此刻对她却严肃起来，因为脑补到当时的场景，能想象到她当时多无助多坚强。

“爬上来以后，我怒火满腔，心想一定要去找这个人，让所有人知道他怎样把我一个人扔在兽洞里，”她继续说，“但我后来在洞穴附近的山头找到了他，他躺在半山一块凸出来的石头上，摔伤了腿。”

她安然地诉说着这个故事，她的丈夫在不远处一边洗松茸，一边面带微笑地听着。我为她的故事鼓掌，有些人因误会而分手，有些人却因误会而在一起，这个世界是相对的。

晚上，听到房间外面的走廊一阵吵闹，夹着喝醉的男声和发嗲的女声，才记起一起来束河的三个男生跟我住同一个客栈，我从房间窗户往外瞄，看见马睿搭着手舞足蹈的周禹州，后面的邓均杭一手搭一个女孩，五个人嬉闹着进了房间，进房间后还在里谧城面闹了很久，房间隔音差，所以我这边听着挺大声的，闹了大概半小时，听到那边门“嘭”一声关上，房间声音倒是转调了，变成男女合喘……好吧，我承认这是这边的特色，但我还是听着别扭，就披着衣服起来去客栈的大厅上网。

大厅里有一台供客人上网的电脑，我本想着去那儿上网的，但已经有人在那儿用了，那人就是马睿。我诧异道：“你不是在房间里的吗？”

马睿笑道：“房间里正好男女四重奏，我再进去就狼多肉少了。”

我笑了笑，在他旁边的位子上坐下来，他看着我，说：“或许加你这块肉就均衡了。”我听罢斜眼盯着他，他就笑道：“开玩笑而已。”

束河的夜晚很安静，天很透明，星星满布天空，隐约还能见银河。我坐在马睿旁边等上网，见他一根接一根地抽着烟，我于是说：“来，赏我一根烟吧！”

马睿道：“去，最讨厌女生抽烟，不给！”见我坐在那儿无聊，他又说，“我先上一会儿啊，你陪我聊聊天好吗？”

我答：“好，”接着问他，“你怎么不跟他俩一样带女孩回来呢？”

马睿看着我，撩起他额前的头发，亮出他的脸：“你看着，”他说，“我像跟他们一样的人吗？”

我凝视了片刻，然后小声问道：“你是 gay？”

“我去！”马睿道，“你这脑瓜里都是些什么东西？男人不是乱就是 gay 吗？你就没见过有素质对生活有点要求的男人吗？”

我偷笑，说：“我以为单身男人来这里都是为了找艳遇。”

马睿道："他们是，我不是，我们仁是一路去香格里拉的，我这一路只想好好地拍点有主题的照片。"

"你是摄影师？"我问道。

他摇摇头说："业余爱好，若是成了工作那这份热情也许就减弱了。"

我点点头，赞同他这个观点。然后马睿转头问我："对了，你一个女生来这里干吗？求艳遇吗？"

"对啊！"不知为啥，我毫不犹豫就这样回他。马睿道："那你还呆坐这干吗，不去酒吧捞个回来，他们那两个妞也是在酒吧捡的……"

我撩起垂在脸上的长发给他看："看准了，我像没有素质对私生活没有要求的人吗？"

马睿盯着我片刻，突然说"说真的，我好像在哪儿见过你……"

我说："这借口也太烂了吧！"

马睿急道："不，在山里的时候我就想说，只是怕这样说他们俩会笑我。"见我半信半疑的样子，他又道，"你真不是来这里找艳遇的吗？可惜了，我还怕今晚没地方睡想睡你那儿……"

我扬手做状要打他，他笑笑避开，说："开玩笑，开玩笑，一看就知道程小姐你是文艺女神，有钱有逼格云游四海那种……"

我放下手来，叹气道："我不是女神，没钱也没逼格，我是失恋又失业，暂时找不到工作，无处可去，好迷惘，才来这里的。"

马睿抽了一口烟，从烟雾里看着我，问："怎么着？说来听听。"

我于是就将一路上憋在心里的感受一股脑儿地说出来，说我和 Ray、春晓之间微妙的关系，将堵在心里一直不敢说的话，统统说给这个陌生人听，也不知道为什么要对他说这些，也许因为是陌生人，我心里才没负担吧，总之说出来以后，心里轻松多了。

马睿没再抽烟，听我说完后，问：“其实，为何不在他们两个面前，将彼此的关系摊开来？这样就不是你一个人在承担了。”

我叹了口气：“捅破这层纸，我又能怎样？爱情留不住了，我不想连朋友也失去。况且，她也没有对不起我。”说这句话的时候，心里一酸，忍不住流泪。

马睿呼了口气，拍拍我的肩膀：“你是对的，只是这样，委屈你了。”

我看着他，一句“委屈你了”瞬间戳中泪点，我忍不住，结果在他面前稀里哗啦地哭了一场。

那夜的束河很安静，整个客栈里仿佛只有我的饮泣声，马睿环抱着我，我伏在他肩膀上哭，把鼻涕眼泪都蹭在他衣服上，我哭完抬起头来，看到他正看着我，那时他的脸离我的脸很近很近，我心怦怦直跳，心想在这个安静的夜里，只有我和他孤男寡女地在这地方，在这个一夜情高发的古城里，要发生点事儿的话现在正是最好的机会，我承认对马睿有点好感，但大家也只是刚认识而已……我发现自己这样伏在他肩上毕竟有点失态，于是赶忙站起来，擦擦眼泪，道：“不好意思，弄脏你衣服了。”

马睿“哦”一声，转头看看自己的肩膀：“没事的啦。”

他表情有点尴尬，所以我知道我当时样子更是尴尬。于是我说：“不早了，我先睡了，你也不要太晚。”便离开大厅匆匆回到房间。

回到房间后，我才恍然自己刚才的鲁莽，这样会搞得大家都很尴尬，于是拿出手机，给他发了条信息："哭了一场舒服多了，谢谢你今天安慰我。"信息发出去后，不到一分钟他回复："言重了，我真没做过什么，你能释怀就好。"我接着回他："为表谢意，明天中午饭我请。"他也爽快地回了我一个字："好！"

那晚回房间后已是三点多，次日我一觉睡到中午十二点，起来准备找他们三个，却发现小妹已经在打扫他们的房间了，于是询问老板娘，老板娘说他们一早退房赶车去香格里拉。我有点失落地回到房间，却发现手机有条未读信息，正是马睿发来的，他说："因为只有一班车，所以我们一早出发了，不想打扰你休息便匆匆告别，但希望能再见到你，若是有缘再见，我便赏你一根烟。"

我轻笑，便礼节性地回他："好的，期待。"

不知道是不是我昨夜太鲁莽，让彼此都有点尴尬，不过也好，有缘就会再见，无缘就此别过。轻松点，不用太较真。

年轻的时候，以为会和许多人心灵相通，后来发现发生这样的事情的概率其实很少，我们每天都会与各种人擦肩而过，当中有很多偶然也有很多必然，一切随缘就好。

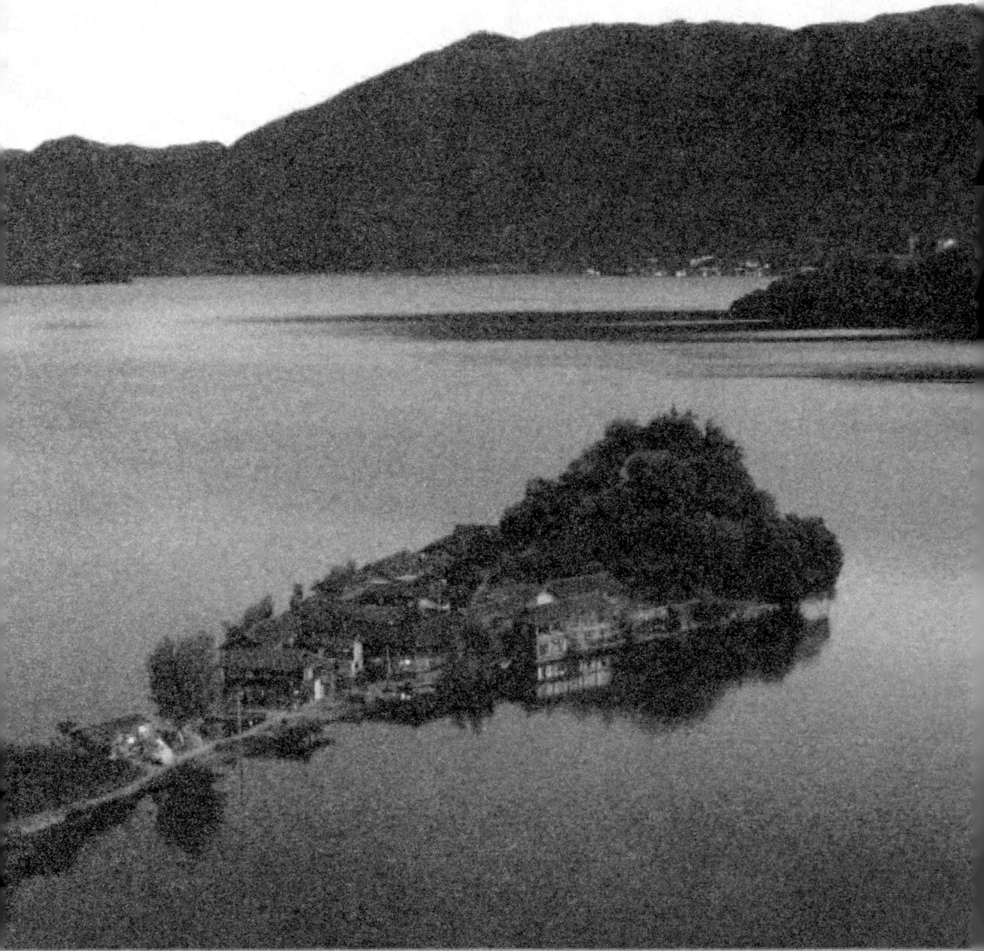

迷城

说到底，是应该感谢他的，
只是，我不会说出来。

里格

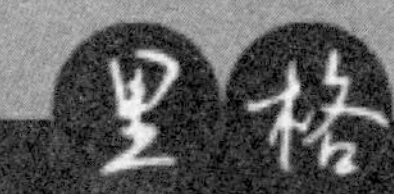

他们说，里格的湖水，喝了就会着迷。

迷城——里格

在束河待的最后一晚，跟店家夫妇一起晚餐，掌柜说，来云南一定要去他的家乡——泸沽湖。

“一定要去那里看看，去过了你才知道，这边的风景不算什么。”掌柜说，他的妻子在旁接道：“那里的水都是透明的蓝，简直像人间仙境。”

好吧，泸沽湖便成了我接下来的目的地，我想，从这里到泸沽湖，再从西昌一路返成都，这样就不走回头路了。于是次日坐了八小时的车，崎岖的山路把整个人的骨头都颠松了，车子里循环播放着央金兰泽的《遇见你是我的缘》，但八个小时都听不腻，在这样的环境里，就该听这样的歌。

车子开进里格半岛的时候，已是傍晚，远远看见三层颜色的湖水，十分美丽，靠近阳光的水面是紫色的，往下是深蓝，再往下是宝蓝，三种颜色叠在一起有种迷幻的感觉。下了车，经过“扎西的家”，那些穿得像西部牛仔一样的摩梭男人朝楼下的女游客吹口哨，高喊：“我爱你……”走在扎西家客栈周边的范围内，空气里都是过剩的男性荷尔蒙的味道。我于是快步越过这范围，找了一家武汉人开的叫作“莲花”的客栈住下来。放下行李，梳洗过后准备去外面找点吃的，下楼经过院子却与两个人撞上了，其中一人喊了声“西姐……”，我整个人就像回魂了般定住。

喊我“西姐”的，就只有原来公司的人，没错，迎面撞上来的人就是家明，而跟在他后面的就是方普利。

没想到会在这里碰见他们两个，真心没想到。

家明拉着我的手说：“西姐，在这儿遇见你太高兴了，你走了这些时日我们大伙都很惦记你，对了，你怎么会在这里，就你一个人吗，还是跟朋友来？”

“就我一个人，”我拍拍家明的肩膀说，“自离职之后就想一个人四处走走，这不，第一站来到云南就碰上你们了。”

方普利迎上来，淡然地说：“气色不错，这就好。”

我也用广东话淡然地回他：“大家甘话。”

在泸沽湖遇上方普利与家明，也是好事，起码吃饭也就不是一个人那么寂寞。家明说，他们这次是来这边拍照回去写专题的，我走了以后，文案的工作就落在家明身上。

里格半岛的食肆不多，大多都是烧烤店，我们尝了当地的烤肉，只是简单地烤熟再撒盐花，却十分好吃，肉质爽口。摩梭人很喜欢吃猪，也养了很多黑皮猪，我们吃饭的烤肉店里，老板就摆了只腌制了三十年的猪作为镇店之宝。吃饭的时候，老板跟我们说，来这里千万不要错过篝火晚会。于是我们饭后就去参加了当地的“篝火晚会”，“篝火晚会”是摩梭旅游的重头戏，中间燃起一堆火，一众摩梭男女围成圈跳起当地的舞蹈，隔着火堆对唱情歌，除了本土的摩梭人，也有很多游客加入跳舞的队伍，家明一脸兴致，一边拍照一边跟着跳舞，我和方普利便坐在边上喝茶，看着熙熙攘攘的人群，方普利凑到我耳边说：“你怎么一个女孩子来这种地方？”

我说：“我现在已经是一个人来到这里了，怎么着？”

方普利道：“泸沽湖不是单身女子来的地方，你没看见这里格的摩梭男人精子都满到喉咙，吐口痰连爬过的虫子都会怀孕，你还往这边凑热闹……”

我刚要回他一句，家明就回来了，他兴致勃勃地对方普利说：“这里的人说，如果你对哪个姑娘有意，可以在跳舞的时候掐一下她的手心，如果她也对你有意，会回掐你三下，然后告诉你她的闺房所在，晚上你就可以去她的闺房相会了！普哥，一起来跳舞吧！”

“好！”方普利笑道，接着拉了我一把，“来，我们都去跳舞！”说着便将我拉扯进了舞堆里。

明月高悬，篝火燃起，摩梭人和游客们的兴致都很高，大家都手拉手地围着篝火跳舞，有的却又离队乱闹，我原本拉着方普利和家明的手一起跳，却被一个乱闹的客人冲散了队伍，人群一时混乱，等再接上手的时候，我一看，牵我手的不是家明和方普利，而是一个摩梭男人，他正对我咧嘴笑着，我本能地想缩手，但他将我的手握得很紧，加上跳舞队伍的推拥，只得顺着队伍继续跳，跳着跳着，这个摩梭男却在我手心狠狠地掐了一下，我没理他，想挣脱，但他握得更紧了。一曲过后，队伍开始散开，人群很杂乱，我想挣脱摩梭人的手，谁知他一使劲，我便整个倒趴他身上，周围的游客与摩梭人一起吹哨子欢叫，大喊着：“亲她，亲她，抬她走……”我拼命挣扎，生怕他把我抬走，正在这时，有人挥拳砸了摩梭男人的脸，一把扯过我就走，我定睛一看，这个不是别人，正是方普利。

方普利拉着我一路狂奔，我也辨不清是什么方向，只知道跟着他跑，跑到一个有玛尼堆的地方，眼看没人追上来了，我俩才松开手，大大地喘着气。

“妹的！”方普利喘着气骂道，“简直是狼窝！”

我也喘着气，稍稍平静的时候，刚想跟他道谢，谁知他劈头就骂我：“我都跟你说了，来这里的都不是善男信女，你还一个人来这里，博艳遇吗！”

他这一骂，我也气头上：“我就是来这里博艳遇的怎么滴，你管得着吗你！你管我这么多干吗！”说到最后那句，我声调放低，因为感觉心里有点虚。

方普利也在气头上，他凑上来，指着自己的鼻子骂道：“我管你闲事了？我多此一举了是吗？我脑子一热就打过去了，得罪了那帮摩梭人，现在家明还在那边不知死活的，这一切还不是为了你！！！”

他这一吼，我整个人愣住了，他就在我眼前，距离近得鼻尖碰着鼻尖，然后他突然亲了上来，我手足无措，脑子里一片空白，后来怎么想也想不起那时怎么就被他亲上了，那一分钟记忆就像断片了一样。只记得后来也是我推开他的，当时很迷乱，从哈尔滨回来后跟方普利就一直有种说不清也难以启齿的感觉，这种感觉很难辨明，只知道我也一直在逃离不去面对，直到在泸沽湖他为我打了摩梭人，这种感觉就一下子冲破了界限，在泸沽湖这个让人迷乱的地方，仿佛世界只剩下我俩，他是谁，他身边有谁，在这里仿佛已经不再重要，但，我心里仍记得，他是有妇之夫。

我于是推开他，比较吃力地，在那一刻我也明白自己心里其实有点喜欢他。

“不要这样，”我叹了口气，“不可以这样……”我脸上发烫，心里突然想起高见优跟我说过的一句话：这一辈子会遇见好些喜欢的人，但哪些是可碰的哪些是不可碰的，自己一定要分得清楚。

那时候天色好暗，方普利当时是什么表情，我已不记得了，就记得他片刻后说了句：“快回去，家明不知道怎样！”于是我们便赶回去会场找家明。

会场空无一人，余烟袅袅，人群早已散去，我们一路寻找，直到回到客栈，见家明安然地在等我们，一颗心才放得下来。家明说：“你俩去哪儿了，吓死我了，普哥打了那摩梭人一拳后，好几个摩梭人追着你们跑，我没敢追上去，你们不会怪我吧……”

方普利过去一把搭着他的肩膀：“好兄弟，怎么会怪你，如果你跟上来我们就顾不上你了！”

店家大哥也在一旁说：“这里是少数民族自治区，生事的话都是汉人吃亏，以后再有什么事你们就给我打个电话，怎么说我跟村长也是拜把子，他们多少得给村长面子的。”说罢便过来问我，“今天没吓着你吧？”

我摇摇头，店家又说：“这边的风气是有点不好，不过你女孩子自己小心点就没事。”

“明白，”我道，“谢谢大哥提醒。”

店家大哥拍拍我们的肩膀，说："没事了，大家回房间好好睡一觉！"

那一晚，我翻来覆去睡不着，像喝了咖啡一样。躺在床上想着我、方普利、Ray和春晓四个人之间微妙的关系，只觉得有点狗血也有点好笑。在Ray、春晓和我这段三角关系里，我是输家，但现在方普利搭了进来，冥冥中却又给了我某种心理补偿，让我置于这四人关系中并没有那么不堪……虽然，我不会让自己跟方普利有关系，但今天的事，多少都让我有些快感。说到底，是应该感谢他的，只是，我不会说出来而已。

次日，我起得很晚，中午饭的时候才起来，方普利与家明已经出外找素材了，我于是让店家给我订次日去西昌的车，然后在店门口的湖边拍了几张照，也没走远，就回店里上网看书。

方普利和家明傍晚回来，三个人于是就在店里吃了顿店家煮的鄂菜，我也跟他们说我第二天就去西昌的事，家明有点不高兴："才见了姐两天，又要分别，我们明儿也准备回丽江啊，不跟我们一起走吗？"

"不了，"我说，"不想走回头路。"

方普利在席间甚少说话，饭后，家明要用电脑跟小可视频，方普利就跟我说："咱俩到湖边坐坐吧。"

我没拒绝，随他到湖边去。

泸沽湖的夜晚真的很美丽，湖水干净得如一面镜子，清晰地倒映着凡尘的一切。

方普利在湖边抽烟，我安静地坐在他身旁，他抽完一根烟过后，说：“我以为昨晚之后你会躲着我……”

我装作很潇洒地说：“昨晚什么事也没有啊。”

他扭头看我：“我说过昨晚有什么事了吗？”

我一时语塞，他倒是扑哧笑了。我想起，之前辞职多少有点是想躲开他，现在两人坐在湖边聊天，我此刻却内心坦荡，觉得两人之间有些事说开了，就再没必要躲着那么矫情了。

片刻后，方普利说：“你离开公司没多久，我在摄影展上遇见 Ray，才知道你们分开了，我想，你当时是因为这原因离开的吧？”

他说这话的时候看着我的脸，我也看着他，于是我说：“这是一部分原因。”

“另外的原因呢？”方普利问，还是看着我的脸。

我知道他这话多少有点试探我，于是我坦然道：“还有一部分原因是因为你。”

“我？”他吃惊道。

“对，”我说，“他跟我分手，是因为看到你从哈尔滨回来后给我发的那条道歉短信，那天我们吵了一架，就分手了。”

他有点不相信，转头再问一次：“真的？”

“真的，”我依然坦然，“因为这个原因，那时候特恨你，上班也不想见到你。”

他扭过头笑了笑，真不知他到底笑什么，继而说：“看来真是抱歉，我不知道发那个短信会引起那么大的误会，现在你还需要我和 Ray 解释一下吗？”

我叹了口气，说：“不需要了，有些事只会越描越黑，现在回过头来想，那时候早已存在危机，你那个短信只是个导火线而已。原本很恨你的，出来的这些天想明白了些事，也就不存在恨不恨你了，所以现在才会安然地坐在这里和你说话，而不是在吃饭的时候毒死你。”

方普利哈哈大笑，连连说：“好，很好，还会讲笑话，很好！”

现在回想起来，那晚方普利约我到湖边聊天，以缓解我与他之间的尴尬，若是我第二天就此别去，怕是日后相见两人更是不会说话，所以那晚，我在心里感激他，只是不会说出来罢了。

次日，我离开泸沽湖，搭上去西昌的车，方普利和家明出来送我，家明说什么我不记得了，就记得方普利说了一句：“一个人小心一点，有什么事就给我打电话，我这句不是客套话。”

我点点头，以眼神谢他，便转身上车，车子开动后，只见他还在原地看着。

我在车上想，终于明白为什么春晓会爱了方普利那么些年，如果他不是已婚，我想自己也一定会爱他吧。只是，这个世界没有如果。我深吸了口气，看着车窗外翻过的新景致，虽然前路依然看不见，但我要让自己有个新的开始了。

惘城

我们每个人的每个选择，
也许都会改变命运，但每一个选择，
背后都是一段不同的人生。

灵津

因为人生不完美，我们才学会选择与取舍。

悯城——天津

我坐着长途巴士，从泸沽湖到西昌。

当车子离开云南境域的时候，我跟自己说，出了云南以后，之前所困扰的那些纷乱的感情，该告一段落了，我要从这里开始抛开 Ray、方普利，还有春晓。

只是，在西昌落脚的时候，就接到春晓的电话。她打来的时候接近零时，我从话筒里听到她沉默许久，才吐出一句："西西，我好难过……"

我叹了口气，原来还没完，一听到她哭泣的声音，我的整颗心还是软了。

那夜凌晨，春晓一个人在天津的街头给我打电话，我听到她那边呼啸而过的车声，问她为什么此时在天津，她说，卫唯不见了，她到处找他，有朋友说他可能来了天津，她便找来了。

"那你找到卫唯了吗？"我问。

"没有，"春晓哭道，"前天我们吵了一架，他说要冷静一下，便出门了。然后一天一夜都没回来，我逐个问他的朋友也不知道他去哪儿，有人说他可能过来天津找另一个哥们，我便过来了，但那哥们说也没见过他，我现在好彷徨……好无助……西西，我好想他……"

如果我在她身边，此刻一定抱抱她，但我不在，只能劝她赶快找个有瓦遮头的地方，然后再打给我，我不知道春晓与卫唯之间发生了什么事，卫唯给我感觉一向都是理性好脾气，但此刻却让春晓一个人流落街头无助地打电话给我。

听了我劝说，春晓便就近找了家旅馆住下，再给我打电话，等她再打来的时候已经是凌晨两点多，我那夜一夜没睡，隔空听她诉说着那边所发生的事。

“不好意思，西西，”春晓道，“真不想这么晚还打电话给你，但我真的好无助……”

“没事的，”我说，“有我在呢，有什么事你打电话给我就对了。”

她哭道：“西西，有你真好……”

接着，她就开始诉说整件事的来龙去脉。

记得在我离开北京之前，春晓就跟我说过她想给卫唯生个孩子，在这几个月里，她一直在备孕，只是一直都没怀上，春晓以为是自己的问题，就跑去医院检查，发现样样指标都正常，而日子也对，都在排卵期间，她就觉得纳闷儿了。于是有天，她做了顿丰盛的晚餐，在卫唯吃得津津有味的时候，再主动跟卫唯提出她想结婚的想法。

卫唯停下筷子，沉默了片刻，说：“晓，我不知道怎么说，但我是真心爱你的，现在我事业刚刚起步，我还不想那么快结婚，你能谅解我吗？”

春晓道：“我不是逼你结婚，如果你还不想结婚，我们就先别结，但我们可以先要个孩子啊，等孩子生下来再结也不迟，我可以等你的……”

卫唯看着她，又再沉默片刻，道：“晓，你在没有婚姻的保证下，也愿意为我生孩子吗？” 津

“当然愿意了，”春晓握着他的手道，“我爱你，所以才想为你生个小孩啊……”

卫唯又问：“那你有多爱我，你自己知道吗？”

春晓说：“当然知道了，我心里塞得满满都是你呢，若不是因为爱你，我又怎会一个人跑到北京来跟你在一起……”

卫唯喝了一口酒，似笑非笑，他说：“如果我不跟你结婚也不跟你生孩子，你还爱我吗？”

春晓看了他几秒，握着他的手松开了：“为什么不跟我结婚也不跟我生孩子？你不爱我吗？还是……你已经有了结婚对象，而这个对象不是我……”

“不是！”卫唯截断了她的话，“我没有其他对象，我也只爱你一个，只是……我现在既不可以结婚也不可以生孩子，还不是时候，你能谅解我吗？”

“怎么就不是时候了，”春晓委屈道，“你还年轻啊，而我比你大四岁，再过二三年我就三十了，我不想错过女人最佳的生育年龄啊，你明白吗？”

“对不起，”卫唯过来拥抱她，“我明白，但我现在真不能结婚，我跟公司签约十年内不能娶妻生子，毁约要赔钱的，赔很多很多，所以希望你能谅解我的苦衷，你现在也还年轻啊，根本不用那么急着生孩子……明白吗？”

春晓看着他，就信了。后来她说，那时她还真信了卫唯，因为她觉得卫唯很爱她，是不会骗她的。

直到有天，春晓提前下班，就去卫唯的公司等他一起回家。去的时候卫唯正在录歌，他经纪人在外面喝茶，她就坐过去了，闲聊间，春晓问起十年禁婚合约的事，她本意是看看能不能修改合约，因为十年不能结婚生子这合约有些不人道。谁知经纪人说："我们又不是大公司，也没在卫唯身上砸很多钱，哪里需要签禁婚约，还十年那么多……"他本是如实说，但却见春晓脸色骤变，经纪人明白自己说错话了，便支支吾吾地转过话题糊弄过去。

那天晚上，春晓背对着卫唯睡觉，心里气鼓鼓地难受，卫唯转过身来想搂她，她心中有气，本能地躲开，虽然她随后便知道自己鲁莽，但卫唯却在她背后凝住了。

"你今天怎么了？"卫唯问。

春晓坐了起来，叹口气，觉得也瞒不住他，便将经纪人的一番话告诉他。卫唯听完后沉默了许久，而后突然大笑起来，他这一笑把春晓给吓住了，只觉得他笑声凄厉，让她内心彷徨。卫唯笑完后，拿了根烟点上，抽了几口，说："是，根本没有十年禁婚约，这都是我编的。"

春晓问："为什么要这样骗我？"

卫唯说："因为我不想结婚。"

春晓别过头去，双眼立时含满泪水，她低声问："为什么不想跟我结婚？"

卫唯猛吸了口烟，然后说："因为你想要的东西我给不了你！"

春晓一时没领悟到他的意思，她说："你有什么给不了我了？物质上的一切我从没奢求过你，我不过想如一个平凡的女人一样跟她心爱的男人结婚生子而已，这也算奢求吗？”

卫唯吐了一口烟，说：“不是你的原因，是我的错，我没能力给你一个孩子！”

春晓有点不相信自己的耳朵，她甚至一时间还没反应过来。

卫唯继续说：“不骗你，是真的，医生说我能孕育的概率为零。”

春晓凝住了，还是好久都没反应过来，她真的不相信，不可能，为什么这么狗血的剧情竟然是真的？为什么这种事偏偏发生在她身上？片刻过后，她才弱弱地问了句卫唯：“你什么时候知道自己不能生育的？”

卫唯道：“那时候我跟徐云云（卫唯前女友）原本准备结婚，去做婚检的时候发现这一点，所以我们后来和平分手。”

春晓幽幽地问：“为什么你现在才告诉我，爱上你之后你才告诉我？为什么……”

卫唯一把抱过她，痛苦地说：“是我不对，相爱，这过程是我也不能预料的事……”

春晓无话可说，她突然感觉好累，好想睡，来，发现这些都是一场梦。于是她转过身背对卫唯，闭上眼睛睡觉。

但这不是梦，醒来的时候仍要去面对。第二天她醒来，卫唯已经出去，桌上放着温热的稀饭和太阳蛋，春晓茫然地看着这一切，久久不能释怀。

于是，春晓陷入深深的烦恼中，她不停问自己可以接受吗？可以接受这辈子没有孩子吗？如果是为了爱，她有十万个理由不去放弃卫唯，但……结婚不只是爱情那么简单的事，她想到自己身为独生子女，她的父母会接受她没有孩子吗？这并不是她的问题，如果她父母知道是卫唯单方面的问题，必定不依，那她跟卫唯分手也是早晚的事。

但她舍不得卫唯啊，就如她明白卫唯一直不说也是因为怕失去她。彷徨到一定程度，她宁愿不去相信事实，于是她偷偷翻开卫唯的通讯录，取得了徐云云的联系方式，当她打电话给徐云云的时候，她自己都感到诧异。

徐云云一开始不知道她是谁，当她表明身份之后，徐云云也便有了些许戒心，春晓说，她只是想知道一件事，卫唯是不是真的不能生育？他与徐云云真的是因为这点分手的吗？徐云云在电话里确认了这个事实，她随后跟春晓说："我不明白你为什么要问我，你若爱他，你应该信他。"

放下电话后，春晓明白到自己的鲁莽，她没有不相信卫唯，但她真的不想去相信这是个事实。

那晚，卫唯回到家，春晓就感觉到不对劲，他铁青着脸，从来没见过他这个样子。他问春晓："你是不是去找过徐云云？"春晓看着他，知道一定是徐云云告诉他的，她说："是的，我是给她打电话。"卫唯一把砸了桌上的水杯，这举动把春晓吓了一跳，他怒道："为什么这件事还要去把其他人扯进来！！！你有没有想过你正在撕开我结好的伤疤！！"

春晓说，她当时什么话都说不出，只是一直哭，她明白自己这样做很莽撞，但没想到卫唯会发这么大的火，这一切让她措手不及。卫唯砸了杯子后就在那儿抽烟，见春晓一直哭，便说，他想一个人出去静一静，希望春晓也能冷静一下，说完抄起外套就出去了。春晓哭着收拾地下的玻璃碎片，只道他只是出去外面透透气，她自己也伤心，便没有跟出去。谁知卫唯一天一夜也没回来，春晓慌了，挨个地找他的朋友，大家都说不知道，有一哥们说他可能到天津去了。春晓一听，便想也不想跑了来天津。谁知在天津的那位朋友也说没见过卫唯，春晓流落在天津街头，四顾茫然，看到街边的电话亭，她想起了我，便于街头哭着给我打电话。

听完之后，我问她："卫唯不见了有超过 48 小时吗？"

春晓说："到天亮就够 48 小时了。"

我说："你不要慌，回去北京就去派出所报警，到时自然就会找到他，你一个女孩子跑到天津去找人，能找到吗？亲爱的，不要太担心，但我希望你在见到卫唯之前，能想好答案。"

春晓问："什么答案？"

我说："你是继续和他在一起，还是跟他分手，在回去之前，你要认真考虑这个问题。"

春晓叹了口气，说："在这个问题上我也很茫然，到底该怎么做？"

我说："从家庭的角度考虑，一个完整的家肯定是需要一个孩子的。而且每个女性都想成为妈妈，如果说你能接受领养孩子，那么这就不是什么大问题了，到一定时候你们可以去领养一个，也同样可以体会当父母的感觉。如果说你没法接受领养的话，即使你现在觉得没什么，到一定年纪你也会后悔的，那么你就尽量不要和他结婚。这些都是长远的考虑，毕竟婚姻是一辈子的事情。而我现在所说的这些都只是从旁观者的角度来分析，最重要的还得看你自己心里怎么想，毕竟和他过日子的是你本人。希望你能考虑清楚。”

春晓道：“嗯，我会好好想想，亲爱的，谢谢你陪我聊了一宿。”

我对她说：“没什么，希望我说的这些能帮到你。”

春晓“嗯”了一声，沉默片刻，我又对她说：“春晓，卫唯很爱你，其实我很羡慕你。”

话筒那边沉默良久，我听到她低低的饮泣声。

挂了电话，晨光已从窗帘射进来，我在想如果我是春晓，该怎么办？而后又发现，我毕竟不是春晓，我们每个人的每个选择也许都会改变命运，但，每一个选择背后都是一段不同的人生。

悟城

这个世界总有一个你不知道的人，
在为你做你所做的事。

临安

多才惹得多愁，多情便有多忧，不重不轻症候，甘心消受，谁教你会风流……

悟城——临安

我估计得没错，春晓报了警后不久，卫唯就给她电话。

“我没事，不用担心，”卫唯在电话里面说，“我只是回老家一阵子，过些天就会回去。”

春晓问：“需要我过去陪你吗？”

卫唯说：“不，我就想一个人安静一下，回来见见我妈。”

春晓便应允了，说实话，她暂时也不知如何面对。

卫唯消失的这些天，其实是回了老家临安。他十多岁就离家北漂，这些年很少回故土，这次，他回来后没有立刻回家，因为春晓的事，他心乱如麻，想独自平静一下，便上了天目山，走了两小时山路，看到山上有座古老的寺庙，叫昭明寺，建于南朝梁大通年间，卫唯进了内堂，只见庙内非常安静，香烟缭绕，一僧人在那儿安静地添香油，拭神坛，只见佛面垂目安详，卫唯站在殿前，朝佛拜了三拜，而后闭目而立，此刻心里一片空白，非常宁静。站在这里仿佛人世间所有烦恼都抛之脑后，冥想之际，记起当年看《书剑恩仇录》，红花会十四当家余鱼同苦恋文四嫂，又恨自己对四哥无义，加上毁容后万念俱灰，便入了古庙出家为僧。余鱼同出家前曾说过一段话他甚为记得：“多才惹得多愁，多情便有多忧，不重不轻症候，甘心消受，谁教你会风流……”

想到这里，卫唯自嘲般笑笑，好一句“谁教你会风流”。世间忧怖故为情愫，离于爱便无忧亦无怖。他想起春晓又想起徐云云，想到他日若是再爱也会因为同样的原因而痛苦不已，倒不如干干净净从此离尘。卫唯看着那个在他面前清洁的僧人，为他的安宁触动。便上前问道：“大师，请问如何才能入庙为僧？”那僧人转头看了他一眼，问道：“失业还是失恋？”

没想到大师问得这么非主流，卫唯有点哭笑不得，便道：“失爱。”

大师又转过头去扫地，说：“现今剃度需要大学文凭的。”

卫唯道：“我是专科文凭，再修个大学文凭也不难……”大师停了手上的活儿，看着他，道：“你是真不懂还是假不懂，修个清华大学本科也没用，我们要的是佛学院的大学文凭，你这样的，得从小学修起！”

卫唯一听，甚为惊讶，原来学佛也有专门的学校，也都讲究文凭，也要经历小学、中学、大学阶段，看来佛堂不是电视剧里面那么简单，他笑自己学浅。在佛前见细了。便朝佛再拜三拜后离去，出了门口还听到僧人在里面喃喃道：“每个失恋的都跑来剃度，这里是佛堂又不是失恋男子俱乐部……”

想必是很多也像他一样的失意人来过这里求剃度，看来，他也像他们一样，把人生想得太简单。

下了山以后，卫唯才回家，他这次悄悄地回来，没提前通知家里人，当他回到老屋前，隔着窗户悄声看着母亲独自在屋里吃饭的模样，禁不住心酸落泪，他发现，母亲瘦了好多也老了好多。她正一口口地，小心地吃着年糕。卫唯推门进去，喊道：“妈——”

喊第一声老母亲没听见，喊第二声她才缓缓转过身来。

“是阿弟吗？”母亲问，像是有些不相信。

卫唯放下背包，走过去蹲在她面前，说：“是我，是我，妈临我回来了。”

老母亲摸摸他的头发、肩膀，捏捏他的手臂，扁扁嘴，道：“白了，结实了，真是我的阿弟。”

已经两年没回老家，老家还是一样，不同的是哥哥有了小侄子，现在跟嫂子三人住在旁边盖的新屋里，母亲就一人住在老屋里，卫唯问母亲为啥还留在旧屋，母亲说：“在这儿住了几十年，习惯了，那边的东西大多我都不懂，还是这老屋舒服。”

卫唯回家当晚，哥哥吩咐嫂子宰了只鸡，再弄了些鲜笋、白鱼，一家人聚在一起吃晚饭，席间哥哥询问了卫唯的情况，卫唯大致说了，又说这次是回来散散心，就没提前告诉大家了。哥哥一边抿酒，一边喃喃道：“散心就好，散心就好……”

饭饱后，卫唯问老母亲要牙签，却发现母亲四顾茫然，像并不知道牙签在哪儿，然后嫂子立马起来拿了牙签给他，他接过来后觉得心里纳闷儿，母亲那个四顾茫然的样子让他心中生疑。

晚上，他在老屋陪母亲，问她：“哥哥嫂嫂待你如何？”母亲并没正面回答他，只是叹口气道：“他们其实也很难，你哥跟人合资做船，谁知经济不景气，没人买，那些船只得泡在水里烂了，亏了很多。他见你突然回来，以为你在外面混得不好，他压力也很大……”

卫唯道：“妈，我在想是不是入错行了？如果我当初不出去北京，老老实实在家里做事，或许会好点……”

母亲道："你每个月寄回来的钱已经够用了，如果你留在这小地方，虽然是在妈身边，但也不见得比现在好，还是北京好啊，妈也希望你有出息！"

卫唯一时说不出话，他紧紧抱了母亲一下，心里默默感激母亲的谅解。

次日早上，卫唯还没起来，母亲就已经起来帮他洗衣服，他睡在房间里听到有人敲窗户，敲了很多下，便出来一看，只见一个年轻小伙子拿着一包年糕敲着窗户，见他出来，先是一惊，而后便道："是阿弟吧……"

卫唯定睛细看，才认出是村里小时候一起玩过的聪林，聪林拿着一包年糕递给他说："没想到你回来了，这是给大娘的点心，你先拿着，我要去开工了，有时间再聚！"

卫唯接过年糕，谢过聪林，转身回屋，只见母亲已站在身后。母亲接过年糕，道："是聪林，这孩子人好。"卫唯想起昨儿回来母亲也是一人在屋里吃年糕，便问："聪林经常买年糕给你吃吗？"母亲听后怔了一怔，卫唯看见她眼圈红了，但她迅速别过身去，卫唯还是看见她眼角隐忍的泪光，他转到母亲面前，问她："妈，你是不是有什么事瞒着我？"

母亲看了他片刻，眼圈又红了，便坐下来，跟他坦言。原来这一年来，哥嫂们不仅与她分开住，更是分灶吃饭，卫唯寄回来的钱都在哥嫂那里，她去那边厨房煮饭也不敢煮多，因为嫂嫂盯得很紧，所以总是吃不饱，这些情况村里好些人知道，但因为是别人家的家事，大家都不便说什么，唯是小时候跟卫唯一起玩过的聪林，把一切看在眼里，也不多说话，因为聪林媳妇是卖年糕的，所以聪林每天早上都拿了两人份的一大块年糕过来，从窗台里递给卫唯的母亲，有时候是年糕，有时候是别的点心，一年以来，天天如此，老母亲心里感激着，又不敢给儿子儿媳知道，这临一切憋在心里已久，今天小儿子问起，一股委屈冲心头，她想瞒也瞒不过，便将这些说了出来。

卫唯听后，沉默良久，继而泪如泉涌。

他想起自己在北京老四合院住的时候，住所对门有一老人，受儿子儿媳欺凌，吃不饱穿不暖，他曾塞过钱给她，老人很感激，但告诉他不要给她钱，只是给些吃的就好了，因为钱放在她身上总会被儿子搜刮去。他明白别人的家事不能过界，于是每每买了软熟食物，便给老人带一些，也是从窗台里塞给她。

没想到他的母亲，也遭受这样的苦，更没想到，也有一个人如他这般善待自己的母亲。原来，这个世界总会有一个你不知道的人，在为你做你所做的事。

卫唯当天就跟哥哥细谈，让他善待母亲，他哥哥坦言自己经济低潮也十分困难，劝他将老母亲接到北京去，卫唯一咬牙，便说带老母亲走。然而这事被母亲拒绝了。她说，她在这地方过了大半辈子，不想再到别处去了，卫唯无奈，便拿出一张卡，跟母亲说："他们不给你饭吃，这里面的钱，你拿去花，我不在你身边，你要好好地善待自己。"说到此处他又流下泪来，"妈，我答应你，会努力出人头地，让你过上好生活。"母亲摸着他的头发，道："只要你过得好，妈在哪儿都宽慰。"

卫唯在家待了一个星期后回北京，临行前，他找了聪林出来吃饭，塞给对方一个信封，说感激他这一年来对他母亲的照顾，然后又说起自己在北京也遇过这样的事，聪林听罢眼圈也红了，那天俩人喝了很多酒，都哭了。

回北京的那天清晨，卫唯又爬了一次天目山，只是这次他没有去寺庙，而是在山顶看着朝霞升起，整个天空被照亮，新的一天又开始了，整片山峦沉寂得只听到风声，他深吸了口气，在瞬间感受到的自然无限贴近灵魂深处，而漫长压抑的现实在身后，只是这一刻，他便顿悟。

当卫唯回到北京的住所时，春晓已然离去，她的一切用品也都不在，桌上留了张字条，写道："我不知道见了面如何面对你，我是爱你的，但也请你谅解我的难处，作为独生女，我们活着不只为了自己，更要为了亲人，原谅我的不辞而别，也请别后好好珍重。——晓"

卫唯看完这字条，便站起来，安然地打扫房间，再去买菜为自己做饭。他也是别人的儿子，所以他明白春晓，更不恨她。

几年后，卫唯在一个歌唱比赛里唱了一首他自己写的歌，全场都被他的歌声感染，很多人当场听哭了，说听到他的声音都会在心里回想自己曾经的至爱，这首歌打动了好多人，也让他一炮而红。而那时候的春晓，正窝在沙发里陪另一个人看电视，她看着电视里这个曾经熟悉的面孔，表面保持平静，内心绞着酸疼，因为这首歌的歌词，只有她一个人才懂。

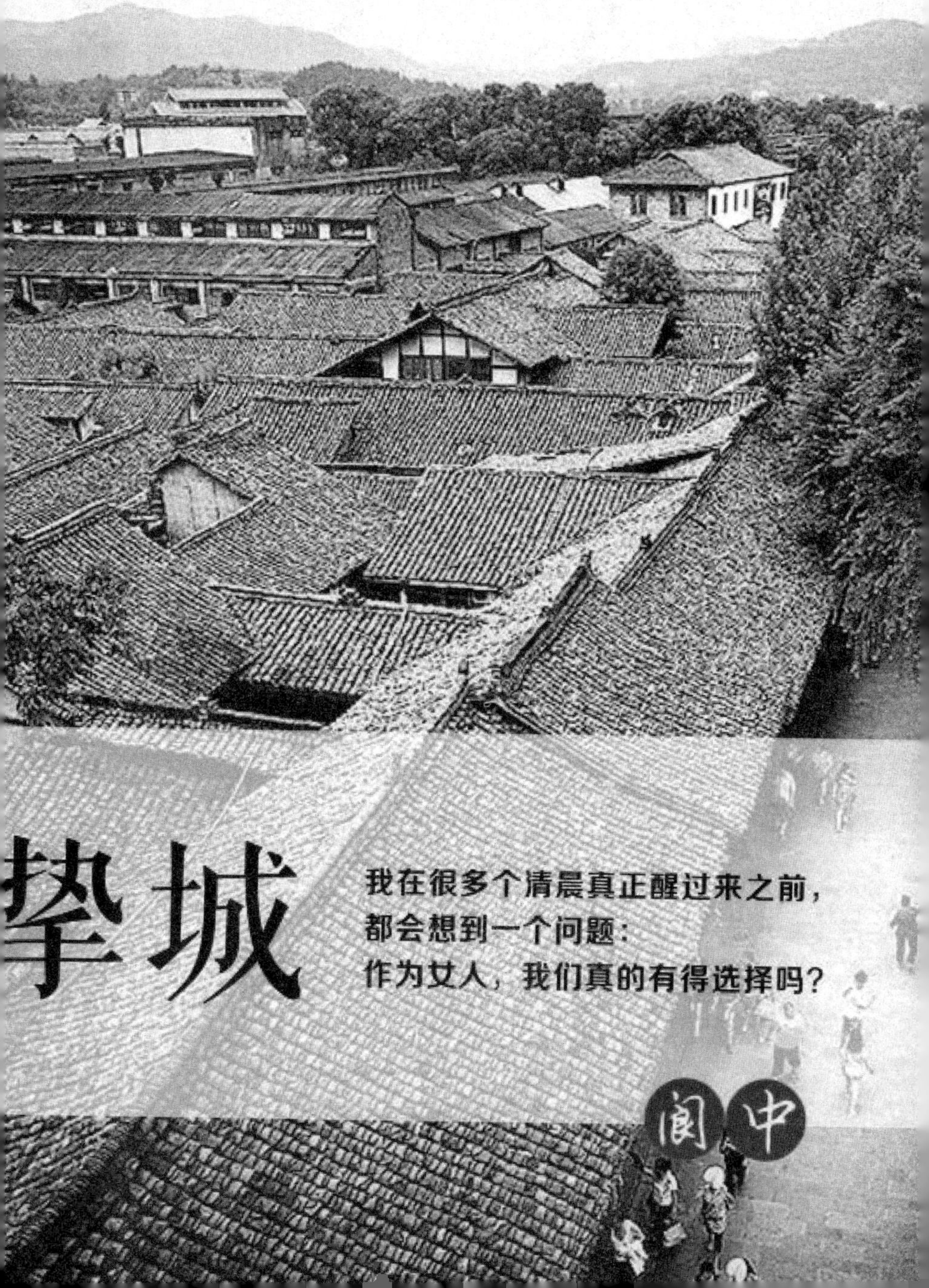

挚城

我在很多个清晨真正醒过来之前，
都会想到一个问题：
作为女人，我们真的有得选择吗？

阆中

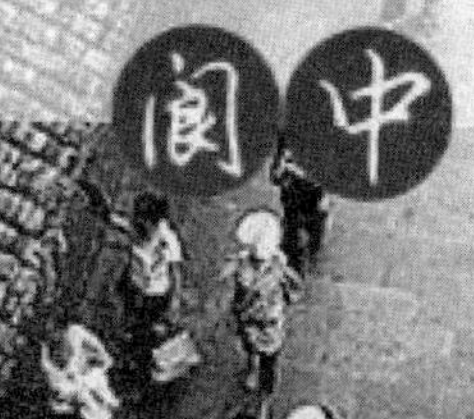

为一个人跑遍一座城去买一杯奶茶，看着他慢慢喝下去，这种感觉真幸福。

挚城——间中

春晓离开北京的前一晚，给我来过电话，她哭着说还是决定离开卫唯。我在电话这边沉默良久，真不知该说什么，感情始终是两个人的事，别人不好插话，只能对她说，无论她做什么决定我都支持她。她挂电话前说，想回开平休息一阵子，我跟她说这样最好，回自己老家，大家都能放心。

隔天，我从西昌出发去成都，想到很快就要结束旅程，内心开始感到茫然，到现在我开始后悔当初那么冲动地辞职，此刻固然潇洒，但转身就要面对重新就业问题，而且很现实的一点就是，你未必找到比之前公司更好的机会。从西昌坐车去成都的路上，我一刻也没停止过思考，想了很多，从自身到爱情到事业到未来，思量自己在这些天内所经历的，归根到底是希望对自己的人生能握有主动权，所有的一切行为都能对自己真诚，而不是依循身边圈子或社会的一个框架来架构自己的人生。

我会在很多个清晨真正醒过来之前想到一个问题：“作为女人，我们是不是真的有得选择？”

当这句话问到凌曼的时候，她说：“能这么问，说明你还在给自己画地为牢。”

简单，直接，一语中的。我当时就因为这句话喜欢上这个直爽而美丽的女子。

到了成都以后，我看到车站的广告牌里写着阆中古城的介绍，那里离成都只有一个多小时车程，跟丽江一样，是中国四大古城之一。既然都离它那么近了，为什么不去，于是便辗转到阆中，也在那儿认识了凌曼。

凌曼是成都人，比我小两岁，我在阆中选了她的店住下，这是她跟丈夫一起经营的客栈，只是平常都只见她一人忙乎，很少会见到她丈夫，只是有一次，我经过她屋的时候听到摔东西的声音，像是什么瓦器在地上炸开一样的响声，着实把我吓了一跳，我以为凌曼出了什么事，便冲进她屋里，进去了才知道她跟丈夫在争吵，那一刻我挺不好意思的，但也看清楚了她屋里的情况，她丈夫躺在床上，一脸怒容，凌曼木然地站在一旁，地下是一堆碎瓷和一摊药汁，我冲了进去，与他们面面相觑，呆了几秒，为了缓解气氛，我便说：“这么不小心，扫帚在哪儿，要帮忙收拾吗？”凌曼这才吐了口气，道：“你别动，我来吧。”听她这么说，我便点头退了出去。

不一会儿，凌曼拎着一包垃圾出来倒，然后在院子里的水龙头前洗手洗脸，我怕她难过，便上前问她：“你没事吧？”

凌曼洗了一把脸，把脸搓得红红的，道：“没事。”

“可刚才是他摔药的吧？”我道。凌曼每天给卧病在床的丈夫煎药，这男的还要这样冲她发火。

凌曼又吐了口气，笑道："我不怪他，他知道我不爱他，他心里也憋得难受。"

我有点蒙了，不解："不爱他为什么要嫁给他？"

凌曼把手在衣服上搓干，看着我，平静地说："因为那时候我要找个人结婚。"

那天阳光明媚，院子里开满玫瑰花，凌曼的丈夫在屋里生闷气，她拉着我在院子里坐下，不紧不慢地说她的事儿。

几年前，她也是一个人去云南的，在西双版纳认识了一个开客栈的香港人 Ivan，跟很多艳遇故事的开头一样，她一眼就喜欢上了他，出于女子的矜持，她没有表露感情，并且，她发现，Ivan 真的很滥。

"他可以跟三个女人一起过夜，这点我真做不出。"凌曼说，她试过在外面透过半透明的窗纱看着四人在房间里的事，就像看戏一样，同时也因为当时并没有醋意而怀疑过自己是不是真的喜欢他。

"没有醋意是假的，只是我跟他也没什么关系，有什么资格吃醋！"凌曼说，"如果让我当里面其中一个女子，我宁愿当他兄弟来得实在。"

这是普遍女汉子的想法吧，所以凌曼也一样，让自己跟 Ivan 做兄弟。入股进他的客栈，天天跟他吃喝玩乐，帮忙管理客栈，看着他身边的花花草草一拨一拨地更换，她一点也不在乎。但有一天，Ivan 跟她说自己对一个女人认真了，他说那是个很真诚的女孩，跟他身边的女人不一样。凌曼听完后发现自己差点站不起来，才知道自己不在乎那些花花草草，但在乎他有一天真的认真了。

Ivan 告诉她的时候，女孩已怀孕，并拎着行李入住客栈，准备在这里安胎。女孩叫冬冬，跟她一样都是成都人。

“接下来，他们以老板与老板娘自居，我忽而觉得自己真是多余的，”凌曼苦笑，“于是抽回自己的钱，回成都去，父母给我安排相亲，见第一个我就答应了。”

听她说完，我也觉得憋：“你不觉得这样做对你自己不负责吗？”

凌曼道：“知道，但是当时难受得想死，觉得对自己狠一点就会心死了吧。”

我于是问她：“那你现在心死了吗？”

“没有。”她直截了当地说。

初见凌曼时，只觉得她说话异常理性与冷静，没想到她疯起来比我还任性。我在阆中住了一个星期，认识了凌曼，这一路与很多人擦肩而过，而她后来成了我的挚友。

我回去后，一直都与凌曼联络，大概过了三个月，有一天她打电话跟我说：“终于把婚离了，一身轻松。”

我问她：“接下来有什么打算？”

她笑道：“去西双版纳啊！”

我说：“他身边不是有人吗？”

凌曼沉声道：“我了解过，冬冬已经离开他了，听说当时肚子都有五个月了，她还是选择拿掉。”

我心里晃过一丝不安，问她：“凌曼，这样的男人值得吗？”

凌曼叹道：“解铃还须系铃人啊，与其逃避不如面对。”

我没有再说什么，只是遥祝她这次能得到幸福。

接下来她几个月都没有联系过我，我在她QQ留言也没有回应。她不怎么上QQ，喜欢直接打电话，又过了一些时日，某天中午，我正在吃盒饭，凌曼忽而打电话来，刚接通就跟我说：“西，我现在在医院门口，刚做了人流……”

我一口饭差点喷出来，急问：“是你前夫的还是Ivan的？”

她说：“当然是Ivan的，”接着又说，“这回绳子真的解了。”

我没有问她那几个月发生的事，她也没细说，伤心的事没必要拿出来重刷一遍，明白就好。

但后来她说，当再次离开Ivan的时候，才明白冬冬为什么五个月了还把孩子拿掉。

有些男人真的不能碰，做他兄弟或朋友就好。

凌曼后来回到成都，许久后，有一天她突然打电话来：“西西，我恋爱了！”她在电话那边喘着气说，“为一个人跑遍一座城去买杯奶茶，看着他慢慢喝下去，这种感觉真幸福。”

我在电话这头笑了，被她这股劲儿感染。凌曼就是这样，风风火火的一个爱情女战士，我们都祝福她吧。

故城

每个人出现在你生命里，
都有他存在的必要性。

广州

一切皆注定，那些看似的可能性，是一场幻觉。

故城——广州

我记得，从阆中返成都的清晨，雾气很大，当时，我把手伸出窗外，手离我那么近，但雾气还是把它淹没，那段时期，我的心情就如那天清晨遮掩手背的雾气一样混沌，到成都之后，开始有一种乏味感，因为在成都过一晚之后，就要坐火车回泉州了。

然而就在那晚，接到了一个久违的来电，高见优，真没想到。

高小姐说话一向都是直入主题，她先是询问了我的情况，知道我还没找到工作，就说广州一家品牌杂志社有空缺，那老板是她朋友，因此她想推荐我过去。这消息于当时的我来说简直是雪中送炭，我谢过高小姐，想再说多几句，却一下子说不出来。那一刻有点小激动，以至眼浅泪湿，说不出话。

放下电话，才发现旅馆房间外面灯火通明，我有种释然的轻松。

就这样，我又回到了广州，这个久违了的城市。

到新公司面试，顺利通过，主编说高见优提过，说我绝对能

帮到他。

找到工作，就着手租房子，以前住白云区，现在住海珠区，找到一个旧楼翻新的房子，因为楼层太高没有电梯所以租金较为便宜，但这点于我无所谓，每天爬十二层楼梯，当是锻炼。

置办家具那天，邻居阿姨过来凑热闹，广州人都是这样，想看看新来的邻居是咋样的，还好的是，这个阿姨并不算烦，只是问我做什么工作的，是不是一个人住，有没有男朋友。我后来才知道，她还有一个单身的儿子。

新租的房子比以前的贵一点，但胜在有一个阳台，能看到滨江，初夏的夜晚，一个人在阳台吹着风喝啤酒，听些爵士乐，这是我个人的快乐时光，想想，自己跟广州这个城市挺有缘的，读书那会儿，晚上散步看到一栋栋透着灯光的高层住宅，那时候我就跟小齐说，我们要努力打拼，争取五年内在这里买到一套自己的房子……想到这里不禁感叹，四年了，我还没攒到钱买房子，然而世事多变，与小齐一起的时光仿佛是上世纪的事情，那个我们每年都庆祝的纪念日已变成无数个日子里的平淡的一天。你不故意去想，还真的想不起这个人……

每每思及这里，我不得不对自己一直坚持那种爱的信仰有所怀疑，小齐已是上世纪的事情，Ray 的这一章也翻过去了。在这个年代不会有海枯石烂的爱情，当初爱得再痛，伤到不能再伤的时候，自然就会想办法痊愈。这是现代人可悲也可喜的一点，你不翻过去，难为的只是自己。

这趟旅程，见到很多人，很多事，我总算把自己放空了，值。

新工作很快上手，因为也是跟以前的工作差不多，新公司，新同事也带来新的动力。我开始了新阶段的生活。

然而，某天下班后在家乐福，却碰到了方普利，还有他妻子，那次，是我第一次见到他的妻子。

很久以前就听说过，方普利的妻子跟春晓长得很像，那天一睹其芳容，我才忽然明白。

那眼睛，那感觉，还有笑起来的两个梨窝……看着她，像一晃眼看到春晓。

别看方普利吊儿郎当，我想，他是把深情延续在另一个女人身上。

方普利跟他妻子介绍我是他的旧同事，他的妻子一脸笑意，邀我与他们一起吃晚饭。我觉得不好意思，刚想推辞，方普利却说：“就这么定了，还跟我客气啊！”

好像我们很熟，很铁的样子。

于是我们就在旁边的饭馆吃海鲜，他妻子去点餐的时候，就剩我和方普利坐在那儿，为了打破闷局，我故意将话题引到另一个女人身上。

“今天见到你老婆，才发现，真心像春晓啊！”我说。

方普利扑哧一笑，也不知道他在笑什么，突然就乐了，他给自己和我斟茶，然后放下茶壶，说：“我老婆长得像春晓，你就觉得我最爱的是春晓吗？”

“难道……”我指着远处他妻子的身影说，“当初认识她的时候，没有一点这个因素吗？”

“我承认有，”方普利点点头，“然而她的性格跟春晓截然不同，这是我选择跟她结婚的原因。春晓敏感，而婧婧很简单。”

“我不相信天下间有对自己爱的人一点不敏感的女人。”我说。

“那种小敏感哪个女人都有，但让不让其放大，这就是根本问题，”方普利说，“我之所以后来觉得跟春晓过不下去，很多原因是因为我这性子给不了她安全感，她难受，我也难受，她不会放开自己，我更难受……”

“借口吧！”我讽讽他。

“你可以不信，”方普利喝了一口茶，接着说，“但婧婧不同，她生活上简简单单，骨子里坚强独立，别看男人在外面好像很要强，他们脆弱的时候，还是希望身边的女人能扶他一把。”

经他这么一说，我看着远处并不熟悉的婧婧，却也渐渐觉得她可爱起来。

“说到坚强独立，”方普利继续说，“你也一样，所以我蛮欣赏你这点，但在闹小性子方面，又很像春晓，总体来说，你，还是不错的……”

我举起杯子慢慢喝茶，没接他的话。

他大概不知道，Ray孜孜以求的，正是春晓这样的女人。这就是世事的可笑之处，我们都在彼此错失着，又承接着，这大概就是：甲之熊掌，乙之砒霜，彼之砒霜，吾之蜜糖。

这时候，婧婧过来了，这个女人笑起来十分好看，也十分像春晓。尽管方普利不承认，我也能想到，他能在人群里找到婧婧，这当中多少都是因为春晓，然而他最后选择了婧婧，说明他与婧婧，才是predestined。

一切皆注定，那些看似的可能性，是一场幻觉。

每个人出现在你生命里，都有他存在的必要性，这么看来，多年前的春晓也许不知道，她出现在方普利的生命里，就是为了在婧婧出现之前，成为引导方普利找到她的一个楔子。

从这个角度看爱情，还有什么想不开的呢？

缘城

**我不知道人生哪一次选择是对，
哪一次是错，我想，
那些来到身边的，大抵就是命运。**

台北

春晓也许不知道，眼前的这个女人，曾经和她爱过同一个男人；苏菲也不知道，坐在她对面的这个女子，和曾经给她做便当的那个忧郁少年，有着千丝万缕的关系。

缘分虚无缥缈，你在某个平淡的一天，遇见个不经意的人，有没有想过，这就是一场因缘际会。

缘城——台北

我记得，在那段时间里，春晓再联系我的时候，我才知道她快要结婚了。

这消息来得突然，以致告诉我的那一刻我蒙了。心里算着她和卫唯分开有多久，一时间忘了问她新郎是谁。春晓在电话里默顿几秒，有点羞涩地说："这个人，之前也跟你说过，他叫Ray……"

听到这个名字，我的心还是扭紧了一下，有几秒断片了，听不到她接下来说什么。后来想起，只记得自己问她："你真地决定了吗？"春晓在那头缓缓道："我不知道人生哪一次选择是对，哪一次是错，我想，那些来到身边的，大抵就是命运吧……"

那一晚，和春晓聊完电话，我独自乘末班地铁回家，那趟地铁人不多，我一个人坐在最后面，眼泪终于忍不住唰唰地流下来，不知自己因何悲伤，但就是悲伤，为这早已知道不爱我的男人？不是，也为这渐行渐远的友情？我不知道她是否知道我与Ray曾经的关系，不知道她是否知道我有心瞒她，更不知道她是否明白我之所以瞒她的苦心……这些说不清道不明的难言之隐，不知何时已成为我们之间一堵看不见的屏障，因各种缘由，将她与我拉得越来越远。

那一刻我感觉非常的孤独。

然而，这孤独感不只笼罩我一个人，远方的春晓，却也感到有种茫然的孤独。她明白自己心底里真正爱的是另一个人，“不在乎天长地久，只在乎曾经拥有”，看似是一种豁达的精神，实则包含着多少心酸和无奈。因为，命运并不是凭着勇气就能掌控的。

春晓的父亲对她说，爱情是糖，但终究是生活的调味品，这番话使她下定决心嫁给 Ray，虽是无奈不舍地告别心底的那个人，但重新开始自己的人生，又何尝不是明智之选？

之后，春晓跟 Ray 去台北拜访他的父母，准备登机的时候，她看到一个有点像卫唯的男人擦肩而过，那身打扮，戴着的鸭舌帽和墨镜，像极了初次遇见的卫唯，春晓有一刻的慌乱，思绪像掉进旋涡一样，直到 Ray 发现她的失神，她才明白自己的失态，于是心存歉意地抱紧了 Ray 的手臂，更是将头靠在他肩上依偎着，Ray 心安地握着她的手，有一种尘埃落定的实在感。

飞机到达台北，落地的那一刻，春晓明白自己踏上了新的人生旅程，而且，她不可以，也不可能再回头。从机场出来，她深深地吸了一口气，新的环境带给她一种新的感觉，她自小就从三毛、琼瑶的书里面读到台北，或是在电影里面感受这个城市。直到踏足这里，才感受到台北的实在性，台北这座城，受日式建筑的影响，房屋格局都很小，很多旧房子，但很干净。春晓坐在计程车上，看着夜色中的台北，想着这些窗户里的点点星光，里面住着的人过的又是怎样的生活呢？

Ray 的父母对儿子婚事的态度很开化，正式见家长，让春晓很是紧张，但看得出 Ray 的父母很喜欢春晓，问及希望婚后住在哪里，春晓表示一切随 Ray。

接下来的几天，Ray 带春晓在台北到处走走，晚上带她来一家咖啡店，Ray 说老板娘是他以前在台南的朋友，现在也搬来台北住，并在这边继续经营咖啡店。这是一家简约干净的馆子，进门的墙上挂了很多不同风格的明信片和名片，Ray 在这堵墙上面看了很久，转而问柜台收银的老板娘："以前那张赤坎古镇的明信片咧？我怎么都没看到？"

老板娘走了过来，近点的灯光照射到她脸上，春晓看清了她是个娇小妩媚的女子，她冲 Ray 嫣然一笑，用台语说："以前的都留在台南了，现在这些都是新店开了以后客人贴上去的啦……"

"真可惜，"Ray 道，他转头对春晓说，"真想找出那张明信片，当初，我就是看到那张赤坎古镇的明信片，才萌发要去广东开平的念想。现在看来，一切都是缘分哪。"

春晓看着他眼中的热，莞尔一笑，或许，这真的就是缘分。

这家店叫苏菲小馆，苏菲就是老板娘的名字，据说她前任老公和现任老公都是黑道，但这女子看上去阳光明媚，一点也没有角头大嫂的气势，Ray说她现在的老公金盆洗手后，她才愿意嫁给他，于是两人离开台南，来到台北开咖啡店，过着平淡的小日子。

Ray接着向苏菲介绍春晓，说到广东开平，苏菲的眼神有点朦胧，她说那个地方她也曾有过念想，但就是一直没去，春晓说，有空可以跟她回开平，她还说自己是导游出身，可以一路给苏菲讲解。苏菲面带微笑地听着，像在想些什么，并没有接春晓的话。

春晓也许不知道，眼前的这个女人，曾经和她爱过同一个男人；苏菲也不知道，坐在她对面的这个女子，和曾经给她做便当的那个忧郁少年，有着千丝万缕的关系。那日，她俩坐在一起，聊着一个远方的古镇，一个来自那里，一个不愿踏足，她们都因为这个古镇，撩起沉睡已久的思绪，想起了那个记忆里与爱情有关的少年。

这两个女人之间，有着一种微妙的关系，只是她们也许都不知道其中缘由，这是命运给她们的一种恩赐，也是一种缘分。

年纪大了，就不得不相信缘分这东西。正如我，也一样深信。

有一天回家晚了，看到有个男的在对门掏钥匙开门，我瞟了一眼，知道是邻居阿姨的儿子，也没多想，待我转过身来要掏钥匙的时候，却发现有点不对。

这个人我见过，不只见过，我们还在一起聊过天，在云南的时候。

他是马睿。

这时候，马睿也转过身来，显然，他也认出我了。

我们相视而笑，这个世界真的很小，一不小心就又碰见了。

回到家，去阳台收衣服，有人在隔壁吹了一声口哨，我回头一看，是马睿，这时候才发现，我们的阳台挨得很近。他扔给我一盒东西，我接过来一看，是香烟。

“还记得我说过什么吗？”马睿问。

我笑道：“当然记得，你说过赏我一根烟，但这里有一盒，太多了。”

马睿道：“里面只有一根是给你的，其他都是我的，我妈有哮喘，我在家不好抽烟，可以过去你那边抽吗？”

这明显是个借口，但是我不介意。于是冲他勾勾手指：“过来吧！”

他蹭的一声在阳台消失，随后我听到对面的开门声。

此时突然想起春晓的话。

人生的选择哪次是对哪次是错，我们又有谁会知道呢，那些来到身边的，也许就是命运。

（完）